生きながら十代に葬られ

小林エリコ

イースト・プレス

生きながら十代に葬られ

はじめに

十代というと、人は何を思い出すだろう。友達と渡り廊下ではしゃぎながら歩いたこと、部活の試合で汗を流したこと、好きな人の影を目で追いかけていたこと。そんなことが多いような気がする。しかし、私にはそのような思い出があまりない。思い出すのはクラスでの掃除の時間に女子生徒から股間を足で蹴られたことや、担任の教師に放課後呼び出され「お前はクラスのみんなに嫌われている」と言われたこと、死にたい気持ちを堪えながら、家路をトボトボと辿ったことなどである。

そんな私でも、しばらくすると少しの友達ができて、クラスではしゃいだり、おしゃべりすることができるようになった。私はようやくクラスに馴染むことができたのだと安心した。中学を卒業するとき、卒業アルバムが配られた。一番最後のページにはメッセージを書く欄があって、みんなお互いに可愛いペンでお別れのメッセージを書きあっていた。私はウキウキしながら、みんなにメッセージをお願いした。そこに書かれたのは「ブスエリコ。元気で！　可愛い◯◯より」「ブスエリコ。ちゃんと学校いけよ」などという辛辣な言葉だった。私は卒業アルバムにメッセージを書いてくれたから、みんな友達なのだと思ったけど、彼女たちにとっては友達なんかじゃなかったのだろう。私だったら友達にブスなどとは絶対に言わない。私はブスとたくさん書かれた卒業アルバムを持って卒業した。

私には夢があった。それは大好きな絵で生計を立てることだった。子供の頃から絵を描くのが好きで、家に帰ると勉強机の上で何枚も絵を描いた。駅前の小さな画材屋さんで自分の財布とにらめっこしながら画材を選んだ。私は息をするように絵を描いた。絵を描かないと自分が死んでしまうと思ったくらいだ。学校でも絵がうまいと褒められて、展覧会にも出品してもらって何個も賞を取った。

絵を描いているときは辛い現実を忘れられた。学校でバカにされても、除け者にされても、絵の世界では私は無敵だった。将来は絶対に美大に行くのだと心に決めていたのだけれど、両親は私の進路を反対した。将来やりたいことが見つからない人もいる中、やりたいことを見つけた私は偉いと思うのだけれど、両親にとっては偉いどころか、夢ばかり見ているバカな子供と映ったようだった。

「絵なんかで食べていけるわけはない」

そう一蹴し、私は全く行きたくない大学に進むことになった。絵の道を諦めなければならなかったことは私の一生の心残りだ。

二十歳を過ぎた頃、私は引きこもりになっていた。たくさん時間があるのに、私は絵を描かなかった。それどころか、画材を押し入れの奥深くしまった。絵で私の人生はダメになったのだと思い、絵を志した自分を恥じた。

私の青春時代は真っ暗で、前を向いても後ろを向いても漆黒の闇が広がるばかりだ。

私は成人式に出ていない。成人式の日はバイトが入っていた。記録的な大雪の中、身を屈めて家路を急いでいるとき、居酒屋の前で待ち合わせをしている元クラスメイトの姿が目に入った。向こうは私に気がつかず、私は彼女の前を無言で通り過ぎた。家に帰っても誰からも連絡は来なくて、一人でビールをチビチビ飲んでいた。

大人になってからも、同窓会の便りは一度も来ていない。たまに、本当に同窓会をやっている人がいるのかと思ってしまう。もしかしたら、そんなイベントは廃れたのだろうかと考えるのだが、ＳＮＳを覗くと、元同級生たちとお酒を酌み交わす写真が出てくるので、多分、同窓会はまだ存在している。ただ、元同級生の中で私が存在していなかっただけだ。

十代は遥か遠くにあるのに、今起きていることのように胸が痛い。そのたびに、私の十代はまだ終わっていないのだと自覚する。私の心と体は生きながら十代に埋葬されている。目を閉じれば私をあざ笑う同級生の姿が目に浮かぶ。全く幸せじゃない時代、あの時代に私は復讐がしたい。あの時代を乗り越えないと私はどうやっても大人になれない。

私は今、幸せになろうとしている。幸せになることは過去の自分への一番の復讐だ。クラスに友達がいなかったけれど、大人になった今ではたくさんの友人がいる。学校だけが全てだと思ったけれど、世界は学校の外に広がっている。その世界には私のことを好きだと言ってくれる人や、面白いと言ってくれる人がいる。私は今、全速力で走っている。過去を振り捨てて、世界を広げるために髪を振り乱し走り続ける。幸せでない青春時代を送った人が、私の走る姿を見て、何かを感じてくれたらと願う。

生きながら十代に葬られ　目次

第一部

生きながら十代に葬られ

一人ぼっちの世界

四月上旬、悲しいほどお天気だった。空はどこまでも透き通り、桜の花は満開に咲き誇り、中学校の校庭をピンク色に染め上げる。私は小学校を卒業して、中学生になった。真新しいセーラー服に袖を通し、白いネクタイを締めて、膝下までのスカートを穿く。手にはピカピカの黒の学生カバンがあり、これからの新生活を応援していた。けれど、私には不安しかなかった。なぜなら、小学校の頃の同級生がみんな同じ中学校に進学するのだ。小学校でバイキン扱いされ、ドッジボールで常に的になっていた人間にとって、少しも嬉しくない進学だった。

私は今でもドッジボールはスポーツではなくいじめだと思っている。ボールを手にした人はみんな、私めがけてボールを投げつけるのだ。同級生が思い切り投げた球が当たると、バチンという乾いた音がして、空中高くボールは跳ね上がる。私は外野に出るといつもホッとした。自分が痛い目に遭わないで済むからだ。目が悪く、メガネをかけていた私は、メガネザルとあだ名をつけられ、よそのクラスからも醜い私を見物に来る人がいた。

私はいじめられるのが辛かったので、当時流行ったエリマキトカゲの走り方を真似してクラスメイトの笑いを取った。私はクラスメイトを笑わせていると思っていたのだけれど、実は、バカにされていることに気がつかないでいた。廊下を歩いていて、全く知らない女子から「エリマキトカゲの真似してよ」と言われたときは困った。知らない子の前でおどける勇気はないし、名前すら知らない子に笑われたくない。しかし、ツンとすました女の子は私に怒声をあびせた。

「エリマキトカゲのモノマネ、できねーのかよ!」

私は恐怖で身を屈める。えいやっと気合いを入れ、ガニ股になって足を素早く動かす。女の子はゲラゲラと下品に笑い、一緒にいる友達にこう言った。

「ね、やるって言ったでしょ」

私は女の子から解放されると一人でクラスに戻った。私には友達なんて一人もいなかった。悔しいときに語りかける友達も、心の底から笑い合える親友もいない。

入学式はほとんどが知った顔だった。六年間過ごした仲間とさらに三年間過ごすのは、ちっとも嬉しくない。校長先生のつまらない話と、部活の入部募集の案内などを見てから、渡り廊下を歩き、新しい自分のクラスに入る。ピカピカのカバンと制服を着ながら、私の心はボロボロだった。体が弱いのかなんなのか、私はいつもお腹が痛く、肩がこり、どこかしら不調を抱えていて、小学校ではかなりの時間を保健室で過ごした。そういうふうに過ごしていたことも、クラスメイトからしたら、いじめたくなる要素だったのかもしれない。

私は学校をたくさん休んで親と大学病院に行った。東京の大学病院はとても広くて、茨城の田舎の総合病院とは広さも設備も違う。たくさんの医者に診てもらって、たくさんの薬を飲んだけれど、私の腹痛や倦怠感などが治ることがなかった。今思うとあれは、すべて精神的なものだったと思う。大人になってから、子供でもうつ病になることがあると本で読んだ。いじめに遭い、荒れた家庭で育ち、精神の安定が保てなかった私の不調はすべて体に表れたのだ。だから、どんなに優秀な内科医でも治せなくて当然だった。私が病んでいたのは心なのだから。

そんな小学生時代、私の心の支えはアニメだった。幼稚園のときに見た、宮崎駿監督のアニメ『風の谷のナウシカ』を観てから、アニメの世界にどっぷりと浸かっていたのだ。『風の谷のナウシカ』の漫画が連載されている『アニメージュ』というアニメ雑誌を毎号購入し、すべてのページをこと細かに眺めるのが好きだった。ナウシカが大好きになった私は、ナウシカを模写するのを日課のようにしていた。コミックスの表紙の上に、薄い紙を敷いて、絵をなぞったり、好きなコマを模写したりしていた。

そうやって毎日、絵を描いていたせいだろうか、学校での絵の評価はずいぶん高かった。学期末には先生が授業の課題で上手な絵を描いた生徒に賞状と景品を渡すのだけれど、私はとてもよくもらっていた。上質の紙に、金の印刷で飾り絵が描かれ、筆で私の名前が書かれている。私は賞状をもらうのは自分が褒められている感じがしてとても嬉しかった。市の作品展にもいつも選ばれていて、毎回賞をもらった。

自分に自信の持てない私に差した小さな光、それは絵だった。絵を描けば褒められるということを学習して、私はますます絵にのめりこんだ。

学校から帰って、勉強机に向かうと、スケッチブックを取り出す。駅前のビルにある小さな画材屋さんで買ったものだ。私は持っている漫画をお手本にして、鉛筆を握り、顔の輪郭を描き始める。流れる髪の毛、揺れるスカートの裾。そうしたものを小さな喜びを感じながら描いていた。人物の線を描き終わると、机の引き出しから色鉛筆を取り出す。誕生日に母親におねだりして三六色の色鉛筆を買ってもらったのだ。淡い水色の色鉛筆を手にすると、丁寧に色を塗る。モノクロだった世界に彩りが施されると、私は気持ちが軽くなる。ああ、この世界では私は、どこまでも自由だ。

私は背景に木と小鳥を描き、地面に小さな花を描いた。現実の世界ではままならないことがとても多くて、いつも悲しい思いをしているが、絵という世界の中では、私は神様のように自由に振る舞っていた。

私は何枚も、自分が望んだ美しい世界を描いた。ツノを持ったユニコーンや翼を持ったペガサス、長い尾っぽの種類のわからない綺麗な鳥、そして、美しい少女。私は、この世界でずっと遊んでいたかった。だから私は、この頃には将来は美大に行くのだと決めていた。絵の世界に住み続けるために、私は専門的な知識と技術を身につけるのだと決めていた。小さな体の中には炎が燃えていた。

図工の時間に、先生が木版画の作り方を説明した。丸刀、角刀、平刀、それぞれに使い方があり、表現される風合いが違うという。私は真剣にそれを聞いていた。題材を何にしようかと考え、先日の調理実習を思い出し、その様子を下描きにする。フライパンを持つ女性を手前に描き、後ろのほうでは他の作業をしている生徒がいるという構図だ。私は下描きができると、カーボン紙を敷いて上から強くなぞった。下描きを木版に写し終わると、彫刻刀を手にして、彫り進める。担任が私の机の前に来る。

「小林、ここの洋服の部分は平刀で削って、違う風合いを出すといい」

私は先生の言うとおりに平刀を手にした。図工の時間になると、先生はいつも私の机にきて、なんやかやと指示をする。それには「お前の絵を展覧会に出すつもりだから、こっちの言うとおりに描いてくれ」という意味が含まれている。

私はなるべく先生の意向を尊重して作品を作った。展覧会に選ばれるのが名誉なことだと強く感じていて、いつも選ばれたくて仕方なかった。いじめの標的にされ、パッとしない私だけれど、絵だけはいつも褒められた。だから、私はますますそれにすがった。

木くずを散らしながらせっせと木版画を彫る。おしゃべりもせずにただ、机に向かって作品を作り続けた。そして、その版画は市の展覧会でなく、県の展覧会に出品され、賞を取った。私の作品は一定期間、学校の体育館に飾られることになった。佳作の子も飾られていたが、県展で賞を取った私は特別良いところに貼られた。

母にそのことを伝えると、「良かったわね」という抑揚のない声で褒めてくれた。体育館に作品が貼られることも伝えた。母に作品を見てほしかったのだが、強く見に来てくれとも言えなかった。

一週間後、体育館に行くと、私の版画は一番目立つところに貼られていた。金の折り紙の上に書かれた「県展入賞」の文字を見ると誇らしくなる。しかし、母が見に来てくれる気配はなくて、私は寂しい思いをしていた。まだ子供の私は、親に「すごいね、偉いね」と褒めてもらいたくて仕方がなかった。

そのまま一人で体育館にいると、佳作の作品の前でピースサインをして親に写真を撮ってもらっている男の子を見かけた。佳作でも、親が見に来て記念写真を撮ってもらっている子がいるのに、県展で入賞しても私の親は来てくれない。私は何をしたら親に認めてもらえるのだろう。県展で入賞した私より、佳作の子のほうが褒められて、親から愛されているのが悔しくてならなかった。きっと、私よりあの子のほうが偉いのだ。頑張っても、努力してもその力を認めてもらえないことは悲しいことだ。私は自分の足元を見つめながら、涙が溢れてくるのを我慢した。

小学四年生の夏休み、私は宿題に取り掛かっていた。真面目な私は、学校から配られた計画表通りに生活をして、宿題も早々と終わらせることを目標にしていた。漢字の書き取り、計算ドリル、読書感想文。頭がしゃっきりしている午前中にパパパと取り組む。

ただ、理科の自由研究が悩みの種だった。私は理科があまり得意ではなくて、この科目への興味もとても低いのだ。だから、研究したいテーマは何もなかった。少し悩んで机の周りを見渡すと、学研の本が目に入った。私は学研の『学習』を毎号とっていて、学校で足りない勉強をカバーするために使っていた。

学研の本をめくると自由研究のテーマがいくつか書いてあり、私はそれをそのまま拝借することにした。研究テーマは「カビの研究」だ。食パンに水を吹きかけ、カビの生える様子をイラストと文章で記録した。正直、テーマとしては目新しいものではないが、なぜかこの研究が賞を取ってしまった。絵でしか賞を取ったことがないのに、理科の自由研究で取るのは変な気分だが、素直に嬉しい。

私は家に帰ると、母に賞状を見せた。母は絵の賞状とは比較にならないくらい喜んで、賞状を額に入れて壁に飾った。私は賞状を取るのは初めてではない。今まで、何回も絵で賞を取ってきたのだが、母はそれらを一切飾ってくれなかったのだ。

初めて飾ってもらえた自由研究の賞状を眺めていると、嬉しいよりも悔しい気持ちが自分の中に湧いてくるのを私は見逃さなかった。親に認めてもらえることは、子供にとって喜びであるはずなのに、私の中に現れた悔しい気持ちはなんなのだろう。そして、ハッと気がついた。私が母に認めてもらいたいのは大好きな絵なのに、一度も認めてもらっていない。家の中に絵を飾ってもらったこともない。

次の年の夏休み、私の勉強になど興味のない母が、自由研究を手伝うと言ってきた。嬉しいけれど、内心複雑だった。二人で決めたテーマは「雲の形の研究」だった。団地の窓からうろこ雲や入道雲の写真を撮り、天候なども記録した。母の真剣な横顔は「今年も理科の自由研究で賞状を取る」つもりであることを物語っていた。

夏休み中、頑張って雲の研究に従事したが、賞を取ることはできなかった。去年の研究は学研の助力と、偶然が生み出した受賞だったのだから当たり前だった。自分には理科の才能がないことなんてわかりきっていた。受賞を逃したことを伝えると、母はがっくりと肩を落とした。母は私に科学者にでもなってもらいたかったのだろうか。なんにせよ、私の絵が歓迎されていないことは火を見るより明らかだった。

私は机に向かい、レターセットを取り出した。宮崎駿にファンレターを書くためだ。『アニメージュ』の中で、子供から送られてきたファンレターを仕事机に貼っている宮崎駿の写真を見てから、私は日課のようにファンレターを書いていた。大好きな宮崎駿先生には伝えたいことがたくさんあった。最新作の『天空の城ラピュタ』のどこが素晴らしかったのか。漫画のナウシカの連載が止まっていて、悲しいけれど再開されるのをずっと待っていること。次回作の『となりのトトロ』が楽しみであること。私はただ一方的に、先生へ愛を伝えていた。

自分の生活のことも書いていた。図工の時間に作った版画が県展で入賞してとても嬉しかったこと。学校で今流行っている遊びなど、私は赤の他人の宮崎駿に向けて、ごく個人的なことをせっせと書き綴った。尊敬している宮崎駿がもしかしたら私の手紙を読んでいるかもしれないと思うだけで心が高揚する。学習机には『風の谷のナウシカ』のコミックスが全巻並んでいて、フィルムコミックスやファンブックなどもあった。

宮崎駿の絵は鉛筆でさらっと描かれていて、水彩絵の具でざっくりと色が塗られている。人物や構図に全く迷いがなく、完璧な線が描かれていた。

「きっと、この絵を宮崎駿はなんのお手本も見ることなく描くんだ、すごいなあ」

私は白い紙を取り出して、宮崎駿の絵を模写する。天才が描いた絵を眺めながら、私は鉛筆を動かす。それは私と宮崎駿の対話の時間だった。真似して描いた絵に、色鉛筆で色を塗り、出来上がるとじっくりと眺める。

「うん、いいできだ」

私はそれを丁寧に折って、ファンレターと一緒に入れた。私はファンレターには毎回、自分で描いたイラストを入れていた。大好きな先生への愛情の印だった。

そうして一年以上過ぎた頃だろうか、家のポストを開けると、私宛のハガキが届いていた。誰からだろうと思い、ハガキに手を伸ばすと、それは宮崎駿本人からの手紙だった。私は心臓が口から飛び出そうなくらい驚いた。ハガキには『アニメージュ』でよく見た宮崎駿の丸っこい癖字が躍っていて、その隣にはトトロの絵が描かれていた。ハガキを手にした私は体と心の震えが止まらず、いてもたってもいられなくて、階段をダッシュで駆け上がる。団地の五階にある自宅のドアを勢いよく開ける。

「お母さん、返事が来た！　宮崎駿からファンレターの返事が来た！」

母はびっくりして私を見ているが、これといった感想を漏らさない。

「そう、それは良かったわね」

そう言って、一度手を止めた洗濯物をふたたび畳み始める。

「宮崎駿だよ！　ナウシカとか、ラピュタとか、トトロの監督だよ！」

私が興奮してそう叫んでも、母は「ふーん」と生返事をするだけだった。

私が小学生だった頃、宮崎駿はそんなに有名ではなかった。大きな賞も取っていないし、ただの一介のアニメ監督でしかなかったのだ。母には宮崎駿の偉大さがわからないけれど、私にとっては神様と同じくらいの存在だった。私は喜んで、手紙を持って家の中を歩き回り、穴が開くくらいハガキを眺めた。そして、机に向かって、空いている額縁にハガキを入れて飾った。

胸の中がポカポカしていつまでも楽しい気持ちが続いていた。世界中から嫌われて、理解者が誰もいなくても、この手紙があれば乗り越えられる気がした。それくらい、大切な手紙だった。

学校という社会

中学校の新しいクラスで、自己紹介が始まる。ときどき、男子生徒がおちゃらけて笑いを取っていた。私はそういうのもすべてどうでも良くて、ため息ばかりついた。私は笑いを取るでもなく、普通に挨拶した。

学校はなんてつまらない場所なのだろう。机の上には前に使っていた生徒がシャーペンで削って描いた絵があった。おさげの女の子がニコリと笑ってこちらを見ている。私はなんだかそれが憎たらしくなって、窓の外を眺めた。お腹がズシンと鈍く痛んで苦しい。一刻も早く家に帰りたくて仕方がなかった。

暇なので、セーラー服のネクタイに手をやり、それをいじっていると、クラスの女子に声をかけられた。

「知ってる？ ネクタイは綺麗に結わいたら、先輩に目をつけられるんだって！ あと、靴下は絶対にぶっとい三つ折りにしなきゃダメだよ。先輩たちはくるぶしまでの靴下履いてて、カッコいいけど、あれと同じのにしたらシメられるよ！」

と、物騒なことを言ってきた。シメられるのが、具体的に何をされるのかわからないが、先輩たちには目をつけられたくない。

「あと、廊下で先輩とすれ違ったら、絶対に挨拶ね。忘れたら大変なことになるって」

私はそれを聞いて、怖くなってしまった。小学校にはなかった先輩後輩という身分制度。バカバカしいけれど、戒律を破って目をつけられることが怖いので、私はネクタイをぐしゃっと潰し、靴下の折り方を直す。学校というところはなんて居心地が悪いのだろう。

中学生になって数週間が経った。校門にはいつも先生が立っている。生徒が頭を下げて「おはようございます」と朝の挨拶をする。校門に先生が立っているのは、遅刻した生徒を学校に入れないためで、八時一五分になると、門をピッタリと閉めてしまうのだ。走ってくる生徒が目に入っても、門を閉める手を緩めることはない。締め出された生徒は先生に許しを乞うて校舎に入れてもらう。しかし、その代わりに、昼休みに廊下の雑巾がけをしなければならない決まりになっていた。

昼休みに遠くの渡り廊下を眺めると、何人かの生徒の影が見える。きっと廊下に雑巾をかけているのだ。罰を与えられている生徒たちを見ると、恐ろしくなって、私は絶対に遅刻しないぞと心に強く思うようになった。小学校のときも、生徒を廊下に立たせたりする先生がいたが、中学校の罰はグレードアップしているように思えた。

廊下で先輩たちとすれ違うときには「おはようございます」と頭を下げる。先輩たちはそれに対して返事なんて一切しなくて、ただおしゃべりを続けている。すれ違うすべての先輩に挨拶をするのは意外に疲れてしまい、廊下を歩くのが嫌になってくる。だけど、挨拶をしない下級生は、いつの間にか目をつけられて、先輩から呼び出しを食らってしまう。私は暴力にだけは絶対に遭いたくないので、きちんと真面目に先輩たちに挨拶をした。最初の頃は、バカバカしいと思いつつ、その生活が何週間か続いてくると、後輩が先輩に挨拶をするのは当たり前のことであり、生意気な行動を後輩が取るのは許されないことだという気持ちになってくる。私は先輩たちの姿に怯えながら、早く自分も先輩の立場に立ちたいと思うようになった。

ある日、クラスメイトから「先輩が呼んでいる」と言われた。私は目を丸くした。毎日きちんと先輩に挨拶しているのに、先輩に目をつけられるなんて。服装もきちんとダサくしているのに、私は何かをやらかしてしまったのだろうか。心がひんやりとする。私は入学早々に先輩から呼び出しを食らったせいで、クラスメイトから注目を浴びてしまった。

服装で生意気なところがないか注意を払い、こわごわとドアの前で待っている女の先輩の前に出る。先輩は怒っておらず、むしろ私に対して、親和的だった。先輩は「小林先輩の妹って本当?」と聞いてきた。私には兄がいる。ヤンキーで、家では私のことをボコボコに殴り、裸足のまま家の外に締め出して鍵をかけるような人間だ。私は先輩の問いに対して黙って頷いた。

「これ、小林先輩に渡して」

そう言って小さな手紙を渡された。私はその女の顔を見て、何事かを理解して手紙を受け取った。田舎ではヤンキーはモテるのだ。頭が悪くても、顔が多少悪くても、ヤンキーというだけでモテる。学校が終わって家に帰ると、兄が友達を呼んでテレビゲームをしていた。

「お兄ちゃん、これ、学校で女の人が」

そう言って手紙を渡す。

「ん」

私と目も合わせず受け取る兄。兄はヤンキーなので、モテていた。ラブレターをもらうことも、女の子とデートすることも当たり前のようにこなしていた。中学のときはバスケ部に入り、悪目立ちしていて、廊下でホウキをギター代わりにしてバンドの真似事なんかをしていた。それにひきかえ、私は運動が全くできなくて、趣味といえばアニメを観ることと、漫画を読むことだった。

私は自分の部屋に入って、本棚に手を伸ばし、お気に入りの漫画を読み返した。『花とゆめ』のコミックスが好きで、重厚な世界観に憧れた。それ以外にも、『マーガレット』

もあれば、ジャンプコミックスもあり、てんとう虫コミックスもあった。私は、本屋さんに行って新刊の発売予定の表をじっくり眺めて、読みたい漫画をすべて予約していた。誕生日プレゼントはすべて現金でもらっていて、漫画につぎ込んでいた。お金が足りなくなったら幼い頃から貯めていたお年玉を下ろしていた。

休日は電車に乗って、少し離れた駅のアニメイトに向かう。駅前にデパートが立ち並び、美味しいお店が軒を連ねていて人がごった返している。けれど、私はそうした店には寄らず、目的地のアニメイトにまっすぐ向かう。

雑居ビルの二階には、同好の士がワサワサいた。みんな黙ってアニメグッズを眺め、ときおり会話しながら、商品を購入している。この頃のアニメグッズはあまり品数がなくて、ポスターや文房具、ラミカードが主な商品だった。ラミカードとは、アニメのワンシーンを切り抜いて、ラミネート加工しただけのものなのだけれど、よく売れていたし、私もたくさん買った。私の部屋は天井にびっしりと宮崎駿のアニメ作品のポスターが貼られていて、漫画とアニメの要塞のような部屋だった。

私はその部屋でスケッチブックに絵を描いて、好きな漫画の模写をしたりしていた。それは子供の頃からずっと続けていて、私は将来、何かしら絵に関することで食べていきたいと考えていた。自分で画材を買い集め、見よう見まねで絵を描いた。私には絵の先生がいなかったが、絵を描けることが幸せだった。

小学生の頃から、駅ビルの画材屋さんにはよく通っていた。子供の頃は、漫画家に憧れていたので、スクリーントーンやGペンなんかをときどき買った。インク壺にペン先を落とし、強弱をつけながら、下描きしたイラストの上をなぞる。なんだかプロの漫画家になったみたいで嬉しくなる。私は漫画のキャラクターをたくさん描いて、悦に入っていた。

しかし、中学生になってからは、そういうキャラクターを描かなくなった。一番大きい理由は心の成熟だと思う。私は子供が喜ぶような漫画を読まなくなり、純文学を読みふけるようになった。そして、生きることや死ぬことに思いを巡らせる時間が増えた。漫画の絵ばかり描いたスケッチブックには、頭を抱えて倒れこむ人や、膝を抱えて涙を流す人の絵を描くようになった。

図書館に行って有名な画家の画集を引っ張り出して眺める。自分と同じようなアンテナを持っている画家を探し出そうとしていた。画集をめくると、自分の絵の下手さを思い知らされた。小学生の頃、あんなにたくさん絵の賞状をもらったけれど、私は全くうまくないじゃないか。もっと、絵がうまくなりたい。

私は駅ビルの中にある画材屋さんを訪れた。画材が買える場所は、この街ではここしかない。六畳くらいの小さなスペースの店には、必要最低限の画材しか置かれていない。アクリルと水彩用の筆に、スケッチブック、小さなキャンバス、最低限の種類の絵の具。油絵の道具が置かれていないくらい小さな画材屋だった。私は学校で使う絵の具や筆とは別に、家で使うものを個人的に持っていた。学校では誰も使っていない、一ミリくらいの線を引く筆を持っていて髪の毛や目のハイライトを描いていた。

主に描いていたのは水彩画だが、パステルという画材が好きで、何色も買い集めていた。パステルは、チョークのように固いが、四角い形状をしていて、使うときは、カッターで削って粉状にするのだ。それを専用の筆につけ、紙の上を滑らせると、ぼんやりとした柔らかい色合いで着色することができる。少女漫画やファンタジーもののイラストなんかでよく使われていた画材で、優しい色合いが好きで何枚もパステル画を描いた。この頃には、自分でイラストボードを購入して作品を仕上げるようになった。イラストボードは一枚数百円するので、使うのはここぞというときだけにした。下描きの下描きをして、念入りに構図を考える。誰にも頼まれていないのに、私はずいぶんたくさんの絵を描き上げた。

そしてこの頃、画材屋さんでキャンバスの存在を知った。木の枠に布が張ってあるもので、美術館に堂々と飾られている絵はほぼすべてキャンバスに描かれている。キャンバスの値段は中学生にはかなり高く感じられたが、どうしても使ってみたくて、一番小さなものを購入した。

何を描くか悩みながら、学習机の上で美術の教科書を広げる。美術の教科書はとても薄くて、美術から学ぶことなど数が少ないとでも言っているかのようだった。私は少ない作品の中からムンクの「思春期」と題された絵を模写することにした。

裸の少女がベッドの上でじっとこちらを見ていて、背後には少女の不安そのものを表した黒い大きな影がぼんやりと佇んでいる。私は2Bの鉛筆でゆっくりと下描きをする。納得のいくものが描きあがると、絵の具を取り出して、筆に絵の具を絡める。赤と黒ばかりの絵は、不安と恐怖が渦巻いていて、私の気持ちにピッタリ寄り添っていた。勉強机の上でキャンバスに絵を描くのは背徳感があった。自分の中にある言語化できない気持ちを絵に託したのはこのときが初めてだった。

ムンクの思春期の少女は長い髪をしているのだが、私はこの少女を自分にしようと思い立ち、自分と同じショートヘアにした。しかし、最後に顔を入れようとすると、どうしても入れられない。鏡を覗き込んで自分の顔を見るのだが、自分の顔がわからない。

私は小学生の頃から、たくさん悪口を言われてきた。そうしているうちに、自分はひどく醜い姿形をしているのだと信じるようになった。しかし、鏡を覗くと、目と口と鼻がある普通の人間がいるのだ。それがとても奇妙なことに感じられてならない。私は化け物であるはずなのに、鏡には普通の人間がいる。そして、私は頭の中の自分と、現実の自分の齟齬（そご）が埋まらなくて、ムンクの思春期の少女に顔を入れることができないまま、完成ということにしてしまった。

この、自分の顔がわからないという感覚はとても長く続いている。私が客観的に自分を見ることができないのは、幼い頃から絶え間なく続いた、他者からの心ない暴力によるものだと信じている。

クラスでは当たり前のように友達ができなかった。それで、小学校のときに何回か遊んだ子のいるクラスに出かけたが、なぜだかいなくて、私は水を飲んだり、トイレに行ったりして時間を潰した。私に話しかけてくるのは、クラスの中のどこのグループにも入れない子たちなのだけれど、その子たちは入れてくれるグループが見つかるとそっちに行って、私には話しかけてこなくなるので、私はしばらくすると一人になることが多くなった。私は机の上の教科書の表紙をずっと眺めたり、鉛筆の長さを揃えたりして時間を潰した。一〇分は一時間と同じくらい長かった。

クラスメイトたちは部活に入り始めていた。部活は強制ではないが、だいたいみんな入っていた。私は美術部を覗いたのだが、ほとんど活動していなくて、先輩たちがおしゃべりしているだけだったが、一応入ることにした。気が向いたときに部室に寄って落書きをして時間を潰した。けれど、だいたいは掃除の時間が終わって放課後になると一目散に帰宅した。みんなよく学校にいられるなと思う。あんなに面白くないところに夕方遅くまで残っていられるなんて驚異的だ。

私は家に帰ると、部活でまだ家に帰っていない兄の部屋に入り込んだ。兄の部屋にはゲームがたくさんあるのだ。『ファイナルファンタジー』のカセットを差し込んで、ゲームの世界に入り込む。ゲームの世界で仲間と出会い、強大な敵を倒すために冒険をする。

私には学校よりもずっとこっちのほうが面白かった。

学校ではグループができて、みんな楽しくやるようになっていた。私は相変わらず机に一人で座っていた。そうしていると、バスケ部の女の子をはじめとするグループの子たちが私に話しかけてきた。

「ねえねえ、ちょっと立ってみて」

私が言われるがまま立つと、その子は私のスカートをまくり上げて、首元をベルトで結んだ。私はまるで餅巾着のようになり、ブルマーが丸出しになった。

女の子たちは大爆笑した。私は突然の失礼な行いに傷つきつつも、笑いを取ったことがなんとなく嬉しいと感じた。存在感のない私が初めて存在を得たのだ。そして、女の子たちは、

「クラス全部回ろうぜ！」

そう言って私の手を取り、すべてのクラスを回った。私はどこのクラスでも大爆笑された。私は恥ずかしいという気持ちがありながら、笑いを取ったことに喜びを感じていた。バカな私はいじめられているということに気がつかなかったのだ。

空気のような存在としてクラスにいるよりも、いじられキャラとして存在しているほうがマシだった。いじられキャラだと自分で思い込まなければ、精神が壊れてしまうから、自己防衛本能としてそう思い込んだのかもしれない。

オタクの私はいじめの格好の餌食になり、いじられキャラとして過ごすようになる。

ある日、衝撃的なニュースが日本を震撼させた。成人男性が幼女に性的暴行を加えた挙げ句に殺害したという背筋が寒くなる事件が、朝から晩までテレビを賑わせた。

犯人の学歴や、普段の生活などが報道される中、犯人の自室がテレビに映った。その部屋にはびっしりとVHSテープが収納され、床にはアニメ雑誌が散乱していた。私が愛読していた『アニメージュ』も部屋にあった。犯人がアニメやホラー映画が好きなオタクであることが報道され、犯行の異常性から精神鑑定が行われた。

このニュースが報道されるようになってから、世間のオタクへのバッシングが激しくなった。アニメや漫画、ホラー映画が好きな人は精神異常者で、危険人物であるというような空気が蔓延した。その空気は私のところまで降りてきて、学校で私を見る目がこれまでと変わったのを感じるようになった。

私は学校にアニメの下敷きを持っていくのをやめて、みんなが持っているような普通の下敷きを買った。それでも、私がアニメを好きであるということは周知の事実で、クラスメイトから差別的な目で見られていた。小学生の頃からいじめられていたけれど、いじめのスピードが加速するようになった。

体育の時間の前は、教室でみんな体操服に着替える。そのときに、またみんなが私のスカートをまくり上げ、ベルトで首元を縛って、餅巾着みたいにした。間抜けにブルマーを丸出しにして、スカートをまくり上げられている私とは対照的にみんなは制服を着たままで、ピースサインをカメラに向ける。写ルンですのカシャッという軽いシャッター音が鳴る。珍獣か何かのような私とみんなは記念写真を撮り、笑い合う。私はみんなが写真を撮り終わるまで黙って立ち続けた。

後日、クラスの女子がこのときの写真を現像して私にくれた。友情の証でもなんでもない、いじめの証拠写真。私は礼を言って受け取る。写真を見つめながら、私はいじられキャラなんだと信じるようにして、家のアルバムにその写真をしまった。

中学生になるとみんなブラジャーをつけ始めていたが、私の胸はブラジャーの必要性が見当たらない。少しふっくらしていると自分では思っていたが、周りの女の子のそれとは比べ物にならないくらい小さかった。大人になってからは、向精神薬の副作用とアルコールでブクブクと太ってしまって、ついでに胸も膨らんだのだが、子供の頃の私はやせっぽちでガリガリだった。食も細くて、学校の給食を全部食べるのにひどく時間がかかっていた。背ばかり高く、ひょろひょろとして真っ平らの胸の私は女子からはやし立てられるようになる。

「胸がまな板」

「ぺったんこ」

まだ、平らという表現までは良かった。バスケ部の女子はこう言った。

「お前の胸、えぐれてるな。えぐれって呼ぶわ」

私は晴れてえぐれと呼ばれるようになる。バスケ部の女子を中心に、えぐれと呼ばれる日々が続いた。しかし、私はいじられキャラだから落ち込んだりしてはいけない。私はえぐれと呼ばれるたびに、自分の名前を呼ばれたのだと思い、ニコニコと笑顔で返した。私は胸のことを言われて傷ついているのに、傷ついているという感情に蓋をした。私は感情を殺して笑顔でい続けた。

しかし、面白くないのはいじめっ子だ。いじめているのに落ち込んだり、泣いたりされないと面白くない。ある日、いじめの中心だったバスケ部の女子は「エグレット」と書かれた箱のティッシュを持ってきて私の机に置いた。そんな商品名のティッシュが存在していたのだ。私は箱のティッシュをわざわざ持ってくるその子を若干尊敬した。そこまでしたいのか。私はそのティッシュを見てゲラゲラと笑った。

「本当だ、エグレットってあるね。私のことだね。ウケる」

そのときのバスケ部の子がどんな顔をして、どんな対応をとったのか覚えていない。ただ、そのティッシュをまた持ち帰ってしまった。

私のことをいじっていたバスケ部の子はこれまで、決して殴ったりしてこなかった。けれど、その子の中の何かが弾けたのだろう。掃除の時間、突然、バスケ部の子は私を押し倒し、両足を掴み、私の股間を足で蹴った。教室に倒れる形で蹴られる私。最初は「やめて～」とちょっと笑って受け止め、余裕を持っていたのだが、相手は一向にやめる気配がない。無言でひたすら私の股間を蹴り続ける。教室を掃除しているクラスメイトは何もせず、ただ見ているだけだった。

私は痛みに耐えられなくなって、「やめて、やめて」と訴えるが、バスケ部の女子の蹴りは止まらない。私は目から涙がボロボロこぼれた。ああ、もしかして、私はいじられキャラじゃなくて、本当はいじめられているのかもしれない。泣き続ける私を蹴り続けるバスケ部の女子。せめて、早くやめてくれないだろうかと願うが、なかなか蹴るのをやめない。学校という場で行われる暴力は、「いじめ」という名の下で、罪に問われない。学校の外でやれば犯罪なのに。

バスケ部の女子からやっと解放された私は、クラスの出入り口に向かって走った。廊下を抜けて、走って逃げた。ただ、怖くて、恐ろしかった。

私はいじられキャラとしての立ち位置を捨てることを彼女から要求されたのだ。次の日もいつもと同じように接してくる彼女に対して、もう、ニコニコと笑うことはできなかった。

廊下を歩いていると、違うクラスの男子から「バカ」とか「ブス」とか「死ね」とか言われるようになった。私はそれをずっと無視していたが、男子生徒が、廊下の水道の蛇口を私のほうに向けて、指を使って水を噴射した。私は全身ずぶ濡れになった。私は頭に血が上り、その男子生徒の首筋をむんずと掴まえた。私は女子にしては体が大きいほうで、その男子生徒よりも身長があった。私は怒りに震え、水を滴らせながら、罵声を浴びせた。

「バカにすんじゃねえ！」

腹の底から声を出したが、怒りが先行しすぎて声がうわずる。バスケ部の女子には怖くて絶対できないけれど、男子のほうがまだ反抗できた。バスケ部の女子に反抗したらその後が怖い。女子のほうが執念深く、横の繋がりが強いからだ。私は首筋から手を離すと、肩を怒らせながら、トイレに行ってトイレットペーパーで体を拭いた。泣きたくなったが我慢した。

同じクラスの男子からもいじめにあっていた。罵声を浴びせられるのは日常で、私の机や椅子は彼らによく蹴っ飛ばされていたし、机に鉛筆で落書きをされたりして、それを消すのが大変だった。

いつも机を蹴っ飛ばす彼らだが、机が倒れるまではやらないように力加減をしてくれていたのに、ある日は机が倒れるまで蹴った。ガコン！という音を立てて派手に倒れる私の机。教科書はバサバサと飛び散り、中に入っていたアルトリコーダーが衝撃で二つに折れた。

私は折れてしまったアルトリコーダーを手にして、ニヤニヤこちらを見る男子生徒を睨んだ。その中の一人は兄の友人の弟だった。私は舐められてたまるかと思い、リーダー格の男子の机を蹴り飛ばし、散らばった教科書を踏みにじった。

「みんなして、私のことをバカにしやがって！」

怒りで自分のコントロールが効かなくなり、何度も、教科書を踏みつける。この行動に出たことで、私はクラスメイトから距離を置かれるようになった。相変わらず友達はいないけれど、いじめはグッと減った。バスケ部の女子グループからはいじめに遭い続けていたが、男子からはいじめられなくなったので、良かったと思う。男子に対してキレたりしていたが、内向的という私の性質は変わらず、漫画やアニメを嫌いになることもできなかったし、学校内における地位は変わらなくて、下層の人間として虐げられていた。

崩壊

私には幼い頃から問題があった。それは何かというと、自分でコントロールできないおしゃべりだった。

いじめに遭っていて、内向的なくせに、しゃべり出したら止まらないという性分であったが、そんな私の話を聞いて笑ってくれるクラスメイトはいた。ウケると嬉しくなって、ますます多弁になってしまう。

小学校の運動会の練習時間、私はつい後ろの子に話しかけてしまった。私がノリノリで軽快にトークを始めると、後ろの子は思わず吹き出してしまう。そのとき、担任がやってきて、私におしゃべりをやめるように注意をした。その場で「はい、わかりました」と頭を下げるが先生が行ってしまうと、また後ろの子に話しかける。話しかけながら、「何やってんだろう」という言葉が頭の片隅に浮かんでいた。おしゃべりをやめなきゃいけないのに、やめられない。しゃべるのを自分でコントロールするのができないでいた。私が機関銃のようにしゃべり続けていると、ふたたび担任がやってきて、私の頭を思い切り殴った。バシン！という重い音とともに、頭がクラクラして、目の前で火花がパチパチと舞う。運動会の練習は夏を過ぎた九月に行われているけれど、まだ暑さが残っていてとても暑い。そして、私は殴打の衝撃と貧血のため、顔が真っ青になりその場に倒れこんだ。

「やだ、唇が紫色してる」と騒ぐクラスメイトの声が遠くで聞こえる。

倒れた私を発見した先生が二人やってきて、私の腕をむんずと持ち、ずるずる引きずって下駄箱のあたりに移動させた。ぐったりしながら寝転んでいると、私の近くには保健室の先生がいて、タオルでパタパタとあおいでくれた。私はぼんやりしながら、体調が回復するのを待った。少しずつ、自分の状況がわかってきて、なんだか悲しかった。ただ、倒れたおかげで大嫌いな運動会の練習をやらなくて済むことにホッとしていた。私を殴った担任は謝罪などせず、次の日いつものように教壇に立った。

私は多分、今だったら発達障害とかＡＤＨＤといった病名がついたと思う。空気を読まず、衝動的におしゃべりを続けてしまうことが多かったし、宮崎駿やアニメなどの興味のあるものに関しての集中力がすごかった。しかし、当時は発達障害などという概念も病名も一般には知られておらず、私はただの迷惑な人としてクラスで扱われていた。

中学校でのある日、担任の小杉先生が大学ノートを横に四つに切り分けた小さなノートを生徒に配布した。先頭の机に小さなノートが数冊渡され、後ろの席に回す。全員にノートが行き渡ったのを確認すると、教卓に両手を置いて、小杉先生は笑顔でこう言った。

「このノートに困っていることとか、先生に言いたいことがあったら書いてください。書くことがなかったら今日あったことでもいいです。これは、毎日先生とやりとりするノートです」

私はノートを手にして、いじめられていることを書こうか悩んだ。しかし、書いたらどうなるのかを考えたら、怖くなってやめた。小杉先生がうまくバスケ部の子たちを説得できるとも思わないし、そもそもバスケ部の子たちのほうが、先生からの信頼が厚いのだ。私は友達もいなく、協調性もなくて、教室の隅っこで絵を描いているような人間だ。私は当たり障りのないことをノートに書いて小杉先生に渡した。

ある日の放課後、小杉先生に呼ばれた。なんだろうと思い、教卓の前に向かうと、小杉先生は私に向かって恐るべき言葉を発した。

「小林、お前、授業中うるさいだろ。あのノートをクラスで始めてから、お前のことがたくさん書かれている。お前はクラスのみんなに嫌われている」

私はあまりのショックで口がきけなくなった。私のことを気に入らないクラスメイトは多いだろう。バスケ部の女子と、その取り巻き。そして、私のおしゃべりがうるさいと感じている人。しかし、それ以外にもクラスメイトはいる。私のことを嫌いでも好きでもない人だっているはずだ。しかし、担任からこうして宣告されたことによって、「みんなに嫌われている」という「事実」が生まれてしまった。

私は目からとめどなく涙が溢れ、オンオン泣いた。小杉先生はびっくりしてオロオロしていた。私からしたら、それほどの言葉を吐いておきながら、小杉先生が戸惑っているのが理解できない。

それを見ていたクラスのヤンキー女子、那智さんが近づいてきた。小さな背丈だが、スカートはくるぶしまで長く、髪の毛は金髪だった。

「どうしたの？　何があったの？」

那智さんは私の顔を覗き込む。

「私が、クラス、全員から、嫌われているって、言った」

私は涙と鼻水で顔をぐしゃぐしゃにして、しゃくりあげながら言葉を紡ぐ。

「はあ？　マジかよ。信じらんねえ！　担任のくせに生徒に何言ってんだよ。小杉、謝れよ！」

小杉先生は戸惑っていた。

「けどな、那智、小林のことをみんながうるさいと言っているんだ。あのノートにたくさんそう書かれているんだ。悪いのは小林のほうなんだ」

そう言って自分の非を認めようとしない。

「だからって言って、担任がここまで生徒を泣かせていいのかよ！」

那智さんはことあるごとに、「担任」と「生徒」という単語を口にした。那智さんの正義心は私に向けられたものでなく、この学校生活で納得のいかない思いをしている生徒全体に向けられたものなのだと思う。生徒をいじめる悪い担任、そんな視点で私の味方をしてくれたのだろう。私と那智さんはほとんど話をしたこともないし、地味でいじめられっ子の私は、那智さんにとっては興味の湧かない人間であるはずだ。しかし、ヤンキーの那智さんは私の肩に手をかけて励ましてくれた。

「いくらなんでもそれはひどいよな」

クラスの中での力が強い那智さんが私に味方してくれたのは驚きだったし、嬉しかった。そんなことが起きるくらい、ひどいことを私は言われたんだと思う。涙を止めようとしても、どんどん溢れてくるし、まともに言葉が出てこない。顔を真っ赤にしてしゃくりあげ続ける。クラスメイトにバカにされ、いじめられているのに、担任からも非難される。たくさんの人に愛されたいとか、クラスの人気者になりたいとか、そんな贅沢なことは言わない。ただ、誰にもバカにされることなく、ひっそりと日常を過ごしたいのに、そんなことすら叶わない。泣きながら、自分の足元がガラガラと崩れ、深い奈落の底に落ちていくのを感じた。ああ、私の居場所はこの世界のどこにもないのだ。

「小林さんが、泣いてるだろ！　謝れよ、小杉！」

那智さんが強く言うと、小杉先生は口を開いた。

「ごめんな、小林」

ひどく反省している様子でなく、いつもの明るめのトーンで私に謝る。しかし、那智さんは、

「ごめんじゃすまねーよ！」

と怒鳴った。私は胸が張り裂けそうだった。なぜ、すべての生徒の味方であるはずの先生にこんなひどいことを言われなければならないのか。そもそも、私がいじめられていることを知らないのか。クラス内でのいじめを発見できないのは担任として失格なのではないか。だいたい、「うるさいから嫌い」と書いた人以外に、バスケ部の女子とその取り巻きも私のことを悪く書いているはずだ。小杉先生は私でなくて、いじめている側を味方したのだ。

先生にも好きな生徒と嫌いな生徒がいるだろう。先生が好きな生徒というのは、明るく快活で、先生に対しても冗談が言えたりする、私をいじめているバスケ部の女子のような人間だ。先生も人間だから、クラスの人気者になるような生徒のことが好きなのだ。それにひきかえ、私のような生徒は先生から人気がない。暗くて何を考えているかわからないし、あまり人と交わらず、目立ったグループにも入らない。

那智さんはヤンキーという点では問題児であり、先生から人気はないだろう。けれど、那智さんのような問題が表立って見えている生徒には先生は真剣に取り組むのだ。髪の毛

を染めていること、スカート丈が長いこと、万引きをしていること。そうした行動を心配して、道を正そうと努力する。那智さんが表立った問題児なら、私は裏側の問題児だ。きちんと学校に来て、非行に走ることもないが、なぜか問題を起こす。

小学生のとき、お楽しみ会をやることになり、グループ分けがあった。私はどこのグループにも入れてもらうことができなくて、一人でポツンと机に向かっていた。担任の先生に呼ばれて、先生の机に向かうと、女の担任ははっきりと私に向かってこう言った。

「あなたみたいな子、困るのよねえ」

私はなんの言葉も出なかった。私だって困っている。どうしてみんなの輪に入れないのかわからない。

「お楽しみ会、どうする？」

担任は私に聞いてきた。お楽しみ会など、学校に必要なのだろうか。学校はただ勉強すればいい場所じゃないか。みんな仲良くとか、元気に過ごそうとか、そういう言葉は私の前では上滑りでペラッペラだった。私は一人で机に向かって考えていた案を先生に言った。

「一人で朗読をします」

担任は私を見て、「そう」と軽く言ってその場を締めた。

お楽しみ会当日、保護者が集まる中、私は一人で「走れメロス」を朗読した。他の女の子たちは光ＧＥＮＪＩの歌と踊りを披露したり、男の子たちは漫才をやったり、そういう会なのに、私は一人でクソ真面目な物語を読み続けた。保護者の人たちは朗読が終わるとパチパチと拍手をしたが、私は全然嬉しくなかった。一応、母が見にきてくれて、写真を撮ってくれたけど、むしろ、負の歴史が刻まれてしまったみたいで悲しかった。

遠足のときはもっと辛かった。私は体が弱くて、よく学校を休んでいたのだけれど、その間にバスの席順が決まってしまい、私の席は誰もが嫌がる担任の隣であった。けれど、仮に学校を休んでいなくても、担任の隣になっていたと思う。私の隣に座りたい子なんてクラスにいなかったのだ。遠足のバスの中、誰ともおやつの交換をすることなく、一人でラムネを舐めて窓の外を見る。ときどき頑張って後ろの子に話しかけていたけれど、私はきっと浮いていた。

そして、中学生になった今も、私はいまだに問題児である。那智さんは小杉先生に向かって、

「土下座して謝れ！」

と怒鳴った。那智さんの目はキリリと鋭く小杉先生を見つめる。小杉先生は、

「それはできない」

ときっぱり断った。自分が悪いと思っても、生徒に舐められると思えば、きっちり線を引けるのが大人なのだろう。

クラスには小杉先生と、私と、那智さんと、数名の生徒。私はしゃくりあげながら、

「もう帰る。那智さんありがとう」

そう言って、カバンを手にした。クラスを後にして、私は心の中で覚悟を決めた。小杉を絶対に許すものかと心に誓った。私の心をボロボロに切り刻み、地面に叩きつけた罪は重い。次の日から私は学級崩壊を起こした。いじめられっ子の反逆である。


「お前はクラスのみんなから嫌われている」と私に言った小杉先生に反抗することにした。授業中は大きな声でおしゃべりをし続けた。小杉先生が注意すると私は、

「昨日、私に言ったこと、忘れたのかよ！　注意するなら私に謝れよ！」

と乱暴に言った。小杉先生はワンテンポおいて、

「すまなかった、小林」

と言った。その「すまなかった」はいつもと同じ声色で、暗いというよりも明るかった。カラッとした声で謝られても、全く私の心に響かないし、あっけなく謝る小杉先生が何を考えているのかわからなかった。そんなすぐに折れてしまうような貧弱な意志で私に向かって「クラスのみんなから嫌われている」と言ったのか。私はすぐに謝る小杉先生に無性に腹が立った。

「そんなもんじゃ許さねーよ！　土下座しろよ！」

そう言って、私は席を立った。廊下に出て座り込むと、小杉先生が追いかけてくる。座

り込んだ私を教室に連れ戻そうとして、私を抱えようとしてきた。私は触れられたことが気持ち悪くて、大きな声で、

「離せ！」

と怒鳴った。小杉先生はそれでも私を抱きかかえようとする。私は仕方ないので、教室に戻る。私は絶えず胸のあたりがムカムカしていた。席について、無言のまま小杉先生を眺める。授業は行われず、小杉先生がひたすら私に謝り、私はそれに対して言い返し続け、それだけで授業が終わった。

もともと小杉先生のことは好きじゃなかった。私は大抵の教師が嫌いだけれど、小杉先生には特別な思いがある。小杉先生は社会科の教師で、いつも授業の前に「ついでの話」と言って小話をするのが決まりだった。「ついでの話」は授業と全く関係のない、自分の思い出話なんかをするのだけれど、その話で忘れられないものがある。

小杉先生が結婚式に呼ばれたとき、その花嫁さんが、ある地域の出身だったらしく、そのことを親族だか友達が聞き出したらしい。「〇〇の出身なんだって」と。そうしたら、花嫁さんの親族が怒り狂い、糾弾会を開いたという。

そして、生徒に向かって「恐ろしいだろう。なっ？」と同意を求めた。まるで、その出身の人が悪であるみたいな物言いだった。小杉先生ははっきり言わなかったが、部落差別のことを言っていたのだろう。中学二年で部落差別というものをはっきり知っている生徒

は少なかったと思う。ただ、生徒は「ある地域の出身者は怖い」というイメージができたはずだ。私は被差別部落の人に対して、そういったイメージを植え付けた小杉先生が嫌いだった。先生なのに、倫理観が欠落しているのが謎だった。

私は生徒指導室の常連になった。呼ばれてきちんと生徒指導室に顔を出すあたり私は真面目だと思う。私も小杉先生と話がしたかった。ちゃんと謝ってもらいたかったし、自分の非を認めてほしかったのだ。しかし小杉先生と向かい合って話すのだけれど、いつも平行線だった。私はずっと、「土下座して謝れ」としか言わなかったし、先生は「土下座はできないが謝る」というだけだった。

家に帰ると母がいて、いつも通りに洗濯物を畳んでいた。私は学校で荒れていることを母に言わなかった。いつも通りに夕食をとり、風呂に入って寝た。荒れていることは知られたくなかったが、私がひどいことを小杉先生に言われたことは伝えたいと思った。けれど、言えなかった。

私は毎日、小杉先生に反抗していた。そうすると、ほかの生徒も面白がるようになり、ますますひどくなった。私は他の先生の授業でも大声を出して話したりするようになった。クラス中がそういった雰囲気になり、私が誘導していなくても、クラスメイト全員が教師に向かって「帰れ！　帰れ！」とコールしたこともある。私の反乱はクラス中に広まって、もはや止められなくなっていた。

そのうち、小杉先生は明らかに元気がなくなった。お風呂にも入れなくなったらしく、肩にはフケがたくさんついていた。そして、私のご機嫌を伺うかのように「どうすれば許してくれる、小林」と眉を八の字にして言うのだ。許すも許さないもなかった。私に言った「小林はクラスのみんなに嫌われている」という発言は、どうやっても取り消せない。私はそれでひどく傷ついた。しかし、私は小杉先生を傷つけている。その自覚はもちろんあったが、私は自分がどんな態度をとればいいのかすでにわからなくなっていた。

ある日、小杉先生が私に言った。

「昨日、妻に聞いたんだ。小林に言ったことは、ひどいことだったのか、と。そうしたら妻は『それはとてもひどいことだから、その子はとても傷ついたと思う』と言ったんだ。すまなかった、小林」

問題の発言から、ゆうに一ヶ月以上経っていた。それなのに、小杉先生は自分の発言が人を傷つけるものだと思っていなかったのだ。私はびっくりした。小杉先生はなんらかの欠陥があるのかと思ったくらいだ。

ある日、私はいつも通り、授業中に騒いでいた。いつものように私は、「土下座しろ!」と怒鳴った。そして、クラス中から「土下座! 土下座!」とコールが流れた。クラスメイトは私の味方なのではなく、単純に授業が中断した喜びと、興味本位で楽しんでいた。そのとき、小杉先生はとうとう土下座した。クラスが一瞬水を打ったように静かになった。私はもう、引っ込みがつかなくなって、

「土下座したからって、許してもらえると思うな!」

と叫んだ。


私は家で母に「担任の小杉先生から、クラスのみんなに嫌われているって言われた」と言った。それ以上のことは言わなかった。学級崩壊を起こしていることも、土下座のことも言わなかった。私は小杉先生に関しては加害者の立場になっていたが、被害者の立ち位置を取り続けていた。私は誰かに裁いてほしかった。私のことを最初に悪く言った小杉先生が悪か、その後、謝罪する小杉先生を許さず、暴れまくった私が悪なのかを。

母は次の日学校に電話をした。

「うちの子が、クラスの担任に『お前はクラスのみんなから嫌われている』って言われたって言っているんですけど」

電話に出た先生は、

「何を言っているんですか! あなたの子供は大変なことをしてるんですよ!」

そうして、私の悪事は親にバレた。

母は父に私のことを告げた。どうやら、私が学校で先生に反抗して、暴れまくっている

こと、授業中に騒いで、廊下に出ていることを伝えたらしい。父は鬼のように怒り狂った。

「お母さんから聞いたぞ！　クラスで暴れまくっているって！　何をふざけたことをしていやがる！　先生に反抗するなんて、お前はバカか！　お前みたいな子供を持った俺の立場をどうしてくれるんだ！　俺が毎日働いて、お前を食わせてやっているのに、お前のせいでめちゃくちゃだ！」

怒りで顔が真っ赤になった父はまるで赤鬼みたいだった。

「ちゃんと先生に謝れ！　俺にも謝れ！　てめえのせいで、俺は恥をかいているんだ！」

コタツを蹴っ飛ばし、ふすまを殴り、大股で狭い家をウロウロと歩きながら、私に向かって父は怒鳴り続ける。その罵声はいつまで経ってもやまない。私は泣きながらちらりと時計を見たのだが、怒鳴り始めてからもう一時間近く経っていた。ずっと、父の怒鳴り声を聞いていると、どんどん体力を消耗していく。泣きすぎて、私の顔や首元は鼻水と涙でベトベトだった。父の罵声は衰えることを知らず、さらに一時間続いた。時計を見ると夜の九時を過ぎていた。

私は耐えられなくて、耳を塞いだ。それでも止まらない父の怒鳴り声。耳に蓋をしても響いてくるので、私は大声を出した。

「きゃああああああああああああ――――――――――――――――――！！！！！！！！！」

私は腹の底から声を出し続けた。聞きたくない、聞きたくない。最初は私が言われたんだ。クラスのみんなから嫌われているって。なのに、なんで私だけが悪者になるの。涙と鼻水でびしょびしょになって叫び続ける。見かねた母が、

「お父さん、流石に、これ以上は……」

と言って止めるが怒鳴り続ける。しばらくして怒るのに疲れた父はビールを飲んで「とっとと消えろ」と私に言った。私は自分の部屋に戻りながら、余計なことをした母を恨んだ。

私はもぞもぞと布団に潜り込む。世界なんて、全く信用ならない。私にとって、世界が安全であったときがあっただろうか。私は一生誰も信用しないし、誰にも心を許さない。固く心を閉ざして目を瞑る。世の中が終わってしまえばいいと真剣に願った。学校が火事になればいい。地震が起きて、すべての建物が倒壊すればいい。なんなら、地獄の大魔王が降臨して世界を焼き尽くせばいい。そんなことを考えているうちに、泣き疲れて眠ってしまった。

行きたくない学校に行く。そして、私は小杉先生に反抗するのをピタッとやめた。クラスメイトが「何？　もう何もやらないの？」と聞いてくるが無視した。しばらく、クラスメイトからいろいろ言われたが、「もうやめた」とだけ言った。父親に怒られたからとは

恥ずかしくて言えなかった。クラスメイトは私の反抗に同調してくれたが、所詮、私の味方ではなかった。ただ、面白かったから乗っかっていたのだ。

反抗する前と同じように、机に向かって、教科書の表紙を眺める。私は黙りこくって授業を受けながら、もう先生に反抗しなくてもいいことにホッとしていた。私ははずみで小杉先生に反抗したものの、引っ込みがつかなくなっていた。だいたい、怒ったり怒鳴ったりするのはとても疲れる。そして、休み時間には誰も私に近づかなかった。私はやっと、私には友達がいなくて、味方がいないことに気がついた。

廊下を歩いていると、校長先生に声をかけられた。

「お前、最近、おとなしくなったらしいな」

なんだ、ずっと前から知っていたのか。それなら、私が暴れているときに話しかけてこいよ。頭の中で罵(ののし)った。

学期末、私の成績表はすべての教科が一ランク下がっていた。テストの点数が落ちたわけでもないのに、私の成績は中の上から普通になってしまった。膝下まであるスカートを蹴り飛ばしながら、家に向かう。イライラとムカムカが自分を支配して、早く時が過ぎればいいのにと願った。

解離

私は中学生の頃、お化けが見えていた。はっきりとした実体が見えてはいなかったが、たしかに見えていた。寝ていると、自分に覆いかぶさるように髪が長く口の裂けた女の人が襲ってくるのだ。私はガクガクと恐怖に震えていた。ほかにも、自分の体から魂が抜け出て、天井から自分を見下ろしている感覚に囚われた。

大人になって本を読んでから、自分に見えていたお化けの正体がＰＴＳＤ（心的外傷後ストレス障害）の症状だとわかった。ＰＴＳＤはベトナム戦争の帰還兵にみられた症状で、眠れなくなったり、何者かの影に怯えたり、「解離」といって、自分の体を空中から見下ろす感覚になったりするそうだ。しかし、当時の私はそんな症状など全くわからなくて、自分は霊に取り憑かれてしまったのだと信じていた。

私は幼い頃、ある虐待を受けていた。誰も助けてくれなかったその虐待は私に暗い影を落とした。小学生のとき、恐怖でお風呂に入れなくなってしまって、一ヶ月間お風呂に入らないことが当たり前にあった。肩には白いフケがいつもたくさんついていて、自分ではわからなかったけど、臭かったと思う。その頃、私の髪の毛は肩まであって、朝にいつも母が結わいてくれていた。母は私の髪を結わきながら、フーッと髪の毛のフケを飛ばした。母は、風呂に入らない――いや、入れない私をどう思っていたのだろうか。

こんな異常事態なのに、なぜ、普通に生活をしていたのだろう。母はもちろん、周囲の大人が誰も助けてくれなかったのか。先生や近所の大人の人たちは何も感じなかったのだろうか。私は風呂に入らない理由を聞かれなかった。それに聞かれたとしても、当時ではうまく答えられなかったと思う。世の中を知らない子供は虐待を受けても、そのことを正確には語れない。そして、フケだらけで臭い私は学校でいじめに遭っていた。異物は排除されるのが世の常だが、どうしようもない辛い体験で、風呂に入れなくなったのに、いじめに遭うことは私には辛かった。

私はその虐待の記憶に蓋をしたまま、十代を迎え、ある日突然、その記憶が蘇った。私は悪夢にうなされるようになり、精神的に不安定な日々が続いた。夜に勉強していると、背後で女の人がこちらをじっと眺めているのを感じて集中できない。男の人が私の背中をぐいっと引っ張る。天井からパチッという音が聞こえてうるさくて、宿題に集中できない。私の周りのそこかしこにお化けがいた。気をつけると彼らが見えた。色がついているわけではないが、私にはなんとなくどんな姿形をしているのかわかった。ものを言わず、ずっと側にいる彼らが怖くて仕方なかった。

学校のことで疲れ切り、お化けに怯えるようになって、私はだんだん元気がなくなっていった。夕方、テレビをつけながら母と過ごしているときに、

「お母さん、私、お化けが見える」

と伝えた。母がなんと答えたかは記憶にない。ただ、私はそれから本格的にお化けに襲われるようになる。

夏の日、汗だくになって目が覚める。眼前にお化けがいて、私の上に乗っかっている。目をカッと見開き私の顔を穴が開くほど見つめている。私は大声を出して母を呼ぶ。

「お母さん、助けて、お化けに襲われる」

母はびっくりして、

「何もいないわよ」

と教えてくれるが、私の目の前にはたしかにそれはいるのだ。髪は腰まで届くかのような黒髪で、目は大きく見開き、大きな口には真っ赤な口紅がしてあった。ものも言わず、ただ、私をじっと見つめ、のし掛かってくる。

私は唸り、シーツを蹴り飛ばし、悶え苦しむ。お化けという形で現れたそれは、私の過去の記憶だ。誰にも助けを求められず、一人で苦しんでいた感情が溢れ出て、今の私に襲いかかっていた。

「お母さん、助けて、助けて」

大粒の汗を額に浮かべながら母に助けを求める。部屋の空気がこもって暑い。カーテンは閉められ、部屋には私と母とお化けがいた。ふと、足元がガクンとした。そして気がつくと、私は天井に浮かび、自分の体を見下ろしていた。布団を蹴り飛ばして、悶え苦しむ自分を他人のことのように眺めていた。

そんな日々を何ヶ月も過ごした。家でテレビを観ていても、お化けの気配を感じるときもあるし、一人でお風呂に入っていると背後に気配がした。シャンプーのときに怖くて目を瞑るのが嫌だった。

寝るときが一番厄介で、電気を消して暗くすると、部屋の暗がりの中から、お化けが私を見つめていた。しばらく耐えているのだが、私は怖くなって母に伝える。

「お母さん、お化けが見える。怖い」

お化けなんてこの世には存在しない。私が見ているお化けは過去の亡霊だった。逃げることも、助けを求めることもできず、恐怖に怯えていた日々が生み出した悪夢だ。

私はお化けが見えるようになってから、熱を出したり、体が痛くなったりするようになった。ウンウン唸りながら、布団に横になっている。今週は学校に一回も行っていない。私は涙を流しながら、「怖い、怖い」と唸り続ける。そこに会社を早退した父がやってきた。父はカバンからお守りを取り出して私の手に握らせた。

「このお守りはすごく効くらしいぞ」
私は父が買ってくれたお守りを握りしめ、唸り声をあげながら、布団の上で悶える。涙が後から後から溢れ出し、頬を伝い落ちてシーツに吸い込まれた。しばらくして、呼吸が落ち着いてきた。父と母は何かしらを相談していた。私を精神病院に連れていく相談だった。

私は小学生の頃から、たくさん病院に通っていた。体が弱く、原因不明の熱が出たり、謎の腹痛に悩まされていたのだ。そして、大学病院の内科をはしごして、子供ながらにいつも大量の薬を飲んでいた。けれど、今回は違った。父も母も精神病院とは言わなかったが、いつもと違う雰囲気に私も気がついた。

診察室に入ると落ち着いた感じの先生がいて、看護師もそばについていた。先生は聴診器も持っていないし、ライトを照らして私の喉の奥を覗いたりはしなかった。私はただ、先生の質問に静かに答えた。夜は眠れているのか、食事は取れているのか、困っていることはないのか、私はおずおずと答えた。あまりにもいつもの病院と違うので、私はあっけにとられていた。そして、看護師に促されて、カーテンの奥の椅子に座った。看護師は私に、

「これから、いくつかの絵を見てもらいます。そして、私の質問に答えてください」と

言った。私は頷いた。

看護師が二つ折りの冊子を開くとそこにはホログラムで丸が描かれていた。

「どちらの丸が飛び出て見えますか」

そう聞かれて、右のほうが浮き出て見えるので、そう答えた。さらに、ページを開くと虫や蛾のホログラムを見せられた。ちょっと気持ち悪かった。

「何が見えますか」

そう聞かれて、

「蛾です」

と答える。私は、昆虫や小さな虫の名前を答え続けた。私はこの看護師が、私の何を検査しているのかわからなくて怖かった。

「最後です。これは何に見えますか」

そういって広げたページには三〇センチはある大きなハエが描かれていた。脚の毛や触角、腹の膨らみなど、こと細かに描かれていて、思わず声を出したくなるほどの気持ち悪さだった。私は「冷静に」と自分に言い聞かせ、

「ハエです」

と答えた。それで診察は終わった。

薬局で薬をもらい、家に帰る。母に飲むようにと言われて、薬の袋を開けると、実に一

五種類の薬が入っていた。見たことがない薬ばかりで、薄いピンク色や花の形をしたものもあった。私はそれを三回に分けて飲み込んだ。

それから一週間くらいして、母に、

「お化けは見える？」

と聞かれた。ああ、そういえば、見ていないなと気がついた。私のお化けは薬でかき消された。

「お化けは見えなくなったよ」

そう告げると母はホッとしていた。

中学二年の終わり、母に「そろそろ塾に行きたい」と告げた。来年は高校受験なので、学力をつけたいと思うのは自然なことだった。私は学校だけの勉強でいいと考えている人間だったが、病気で学校を休みまくったせいで、積み重ねが大事な英語と数学が行き詰まっていた。

兄も通っていた近所の進学塾に三年生から通うことになった。塾の初日に、「六の二乗は？」と質問されて、私は「一二です」と答えたくらい頭が悪かった。頭の禿げ上がった中年の数学講師から「特別授業をする」と言いつけられた。それは、先生の家で行われるという。家ということにちょっと抵抗感があったが、ほかにもたくさんの生徒が行っていると聞いたので、安心した。

　家に帰ると兄が、

「数学のハゲの先生いたろ。あの人に見捨てられたら終わりだぞ」

　と言ってきた。私は身震いした。

　土曜日の放課後、塾講師が住むアパートに向かう。団地にずっと住んでいて、団地しか知らない私には、アパートは新鮮だった。数学の佐々木先生は近所のイトーヨーカドーでよく見るようなおしゃれとは言えない、丸首のよれたグレーのトレーナーを着ていた。

「おう、小林。よく来たな」

　佐々木先生に家の中に通してもらう。すでに、ほかにも二人の生徒が来て数学のドリルに手をつけていた。二人とも女の子だった。

　私は緊張しながら、わからない箇所を佐々木先生に教えてもらう。数学は、わからないところがわからないという最悪の状態だったが、マンツーマンで教えてもらうと、なんとか問題をこなすことができた。佐々木先生は教えるのがうまかった。一時間くらい勉強して、みんなで休憩を取る。佐々木先生が家の奥からスナック菓子を出してきて、手渡してきた。それらをつまみながら談笑する。私はなんとなく、学校以外の居場所ができて嬉しかった。

　私はほぼ毎週末を佐々木先生のアパートで過ごすようになった。佐々木先生とも打ち解

けてきた。佐々木先生は突然、

「小林、お前、胸ちっさいな」

と言って、私の胸を両手で触ってきた。私はびっくりしたが、親しい証拠なのだと思い、

「やめてくださいよ〜」

とケラケラ笑った。

しかし、長いこと、この課外授業に出ているとわかってきたことがあった。ここにきている生徒はほぼみんな女子だった。たまに申し訳程度に男子が一人混ざっていることがあったが、毎回、先生のアパートは女子中学生で埋め尽くされていた。中にはディズニーランドに行くときにおこづかいをもらっている子もいた。佐々木先生は独身の中年男性で、彼女はいそうにない。ずっと、この街で、塾と自宅の往復をして、休日はアパートで女子中学生に数学を教えているのだ。なんとなく、感心はしなかった。

私は佐々木先生に気に入られたので、よく胸を触られた。アパートに行くたびに触られた。それを、先生の悪ふざけととって見過ごすようにしていたけれど、ときどき、先生は度を越すことがあった。私ともう一人、女の子がいるときに、

「お前ら、これ見たことあるか」

と言って、コンドームを取り出した。私たちはそれを見るのは初めてだった。

「えー？　もしかして、コンドーム？」

学校で、クラスメイトが「コンドーム」とふざけて口にしているが、中学生の私たちにはまだ縁遠い代物だった。先生から渡されたコンドームの封を開けると、ぬるりとしたゼリー状のものが手についた。

「気持ちわる！」

私は手を離した。佐々木先生はガハガハ笑いながら、

「お前らもこれを使うんだぞ」

と言った。

勉強を終えた後に、佐々木先生に、

「面白いものを見せてやる」

と言われた。佐々木先生は古いVHSテープをビデオデッキに差し込んだ。何かの映画だった。そして、その映画のワンシーンで、男女のセックスシーンがあった。ベッドの上で、裸で抱き合う男女の姿を見て、私は一緒にいる女の子と「やだ～」とケラケラ笑い合っていたが、先生はそんな私たちを見て何を考えていたのだろうか。


佐々木先生の指導のおかげで、数学の学力は徐々に上がり始めた。塾では数学のほかに理科と国語と英語の授業も取った。塾に通って初めて、なぜみんながお金を払ってまで、学校の外で勉強しているのかがやっとわかった。塾の先生たちの授業は学校のそれとは比

べ物にならないくらい、わかりやすかった。もちろんそうでなければ、塾の先生たちは商売にならない。私はだんだんと学校の先生よりも塾の先生を尊敬するようになった。

佐々木先生のアパートは、勉強するところでもあったけれど、溜まり場みたいな感じでもあった。もちろん、みんな勉強道具を携えているが、すぐに休憩を取って、ポテトチップスやサッポロポテトなんかを食べて、コーラを飲み始める。そして、先生はふざけていろんな生徒の胸を触っていた。私はまだ、違和感に気づいていなかった。


ある日、佐々木先生とアパートで二人きりのときがあった。私はコツコツとドリルを仕上げていたので、少し休憩して、先生とおしゃべりした。先生が突然、

「小林は、オナニーしてるのか?」

と聞いてきた。私は一瞬頭の中が真っ白になった。

「してないです」

私は意に介さずといった感じで答えた。先生はニヤニヤしながら、

「じゃあ、小林さんのおまんこは、綺麗なピンク色なんですね」

と言ってきた。私は、適当に、「はあ」と返した。

この先生は私たち生徒をそういった目で見ていたのか。私は先生のしていることを冗談のように捉えていた。性の話題を軽くいなすのがカッコいいと思っていて、先生のしてい

ることを許していた。しかし、この質問は行き過ぎだ。

考えてみればおかしいじゃないか、いつも先生のアパートには女の子しかいない。平気で胸を触るのも、塾の講師という立場を利用しているのだ。私はなんだか気分が悪くなって早々にアパートを後にした。

私は佐々木先生が気持ち悪くても、アパートに通い続けた。なぜなら、学力を伸ばすにはここに来るしかないのだ。それに、中学生の私があんな目に遭っているということを親の前で口にするのは抵抗があった。性被害というのは、受けた当事者に恥の意識を植え付ける。私は佐々木先生から受けたことを「気にしない」という選択をして、塾に通い続けることにした。それに、他の教科の先生たちも教えるのがとてもうまかったので、やめたくなかったというのもある。

私は学力を上げるために、自分の尊厳とか誇りというものを捨てることにしたのだ。そうして、自分が女性であるということについて深く考えることをやめてしまった。女性の自分に降りかかってくる厄災を私はすべて受け入れていた。佐々木先生が私にいやらしいことをするのも、私が女だから仕方ないのだ。

ある日、学校で理科の授業を受けていた。みんな集中していなくて、所々で雑談が交わされて、生徒たちは手紙を回していた。私はみんなの雑談と同じレベルで、つい先生に告げてしまった。

「先生の授業よりも、塾の先生の授業のほうがわかりやすい」

それを言った瞬間、教室は凍りついた。そして、理科の先生は私の机の横まで近づいて来た。

「もう一度、言ってみろ、小林」

私は黙り込んで下を向いた。先生は真剣だった。

「もう一度、言ってみろ、小林」

先生は同じ言葉を二度言った。

私は小さな声で、さっきと同じ「塾の先生のほうがわかりやすい」という言葉を繰り返した。先生は手に持っていた資料集を「ダン！」と私の机に強く置いた。そして、しゃがみこみ、私の顔を覗き込んだ。

「本気で言っているんだな。俺たちがどれだけお前たちのことを思って授業しているのか、お前にわかるのか」

ほとんど脅迫だった。先生の肩が怒りで震えていた。私の顔のすぐ横に先生の顔があり、息の温度すら感じた。私は怖くて、無言のまま涙を流した。思えば、私は一時期、学級崩壊を起こしていた生徒だった。だから、先生は舐められたら終わりだと思ったのだと思う。

先生は授業が終わるまでの一時間、私の机の横についていて、ずっと私を責め続けた。私はただ泣いているだけだった。

私は学校にも、塾にも行き場が見当たらなくて、何をどこで勉強するのがいいのかわからないでいた。

ジャニスの歌

三年生の春、新しいクラスになった。私をいじめていたバスケ部の子と離れ離れになったのでホッとした。新しいクラスに特に期待はしていなかった。一緒になったら嬉しい友達もいない。三年生になって、私を取り巻く環境が少し変わった。私と普通に話してくれる生徒が何人か現れた。それは、私が学級崩壊という形で大人に反抗するという、生徒にとっては少し尊敬することを起こしたからだと思う。学級崩壊を起こした私は学校から厭われたが、結果的に一部のクラスメイトからは慕われることになったのだ。

クラスの中で、仲の良い女子ができた。凛子ちゃんと言って、テニス部に所属している子だ。凛子ちゃんは色素の薄い髪の毛をしていて、大きな口で「ガハハ」と笑う面白い子だった。クラスの男子生徒が持ち込んだ『少年ジャンプ』を勝手に読んで一緒に爆笑したり、休み時間はいつも一緒におしゃべりをしていた。私は人生で初めて友達ができた。家に帰ってからも長電話をして、いつも笑っていた。箸が転がってもおかしい年齢とはよく言ったもので、「担任の寝癖がひどい」くらいのネタで笑い続けた。

そして、凛子ちゃんと仲が良い藍ちゃんとも仲良くなった。私は藍ちゃんや凛子ちゃんやそのほかのクラスメイトと一緒に写真を撮った。写ルンですで撮られた私は、友達と一緒に笑っていた。去年はスカートをまくり上げられて、一人だけブルマー姿の私が写った写真しかなかったのに。私は学級崩壊を起こしたことで、グループに入ることができたのだ。

三年生になると、髪型や制服を崩して着る子がぐんと増えた。肩までかかった髪の毛を結ばない子、髪の色を茶色にする子、スカートの丈を長くする子、または短くする子。人間を画一化するための制服をみんな個性的に着こなし始めた。それは、この学校社会への反発であり、大人たちのいいなりにならないという姿勢の表れだった。

「今日、制服検査があるってよ」

どこから仕入れた情報なのかわからないが、クラスの女子がざわめき出した。

「私、後輩にちゃんとした丈のスカート借りてくる！」そう言ってクラスを飛び出す子がいたり、「ねえ、黒のゴム貸して！」と言って髪の毛を二つに縛る子も出てきた。

ざわついていた教室に担任が入ってくるなり、こう言った。

「これから制服検査を行います。体育館に集まるように」

みんなで列を作って体育館に移動する。みんな不安そうに眉をひそめている。私たちは罪人のように扱われ、体育館に寄せ集められた。

体育館のステージの上で、学年主任が生徒の制服の乱れについて話しだし、制服検査をすることを告げた。先生たちは手に一メートルの定規を持っていた。それを床につけ、スカートの丈を測る。校則の規定に沿っていないものは次々と弾かれて、ひとところに集められる。髪の毛についても同様だ。

私は元来真面目なので、スカート丈も髪の毛も引っかからなかった。教室に無事に戻ってきたが、戻って来ない生徒もいる。こうやって、同じような人間を大量生産することになんの意味があるのだろうかと考えてしまう。

だけど、学校という場で深く考えてしまったら、終わりのような気がしてならない。守らなければいけない校則はすべてバカバカしいものだし、むしろ人権を侵している気がする。私たちには好きな服を着たり、好きな髪型にする自由がない。それは子供だからなのだろうか。子供の人権は大人が奪っていいと決まっているのだろうか。私はそんなふうに考えると、やがて一つの答えにたどり着く。大人は子供の人権を奪っても罰せられない。弱者である子供たちは常に物言えない存在として耐えている。学校で友達ができたけれど、相変わらず私の趣味は暗いままだった。部活に入っていないので、家に帰ったら、ずっとスーパーファミコンをやっていた。当時、『ストリートファイターII』が大流行していて、私は家で練習ばかりしていた。対戦相手はコンピューターか兄しかいなくて、『ストII』

をやっている女子は周りにはいなかった。当時、ゲームをしている女子自体あまりおらず、かなりマイノリティだったように思う。私は学校でも『ストII』の話ばかりしていて、明らかに浮いていた。『ストII』のやりすぎで、指の皮がはがれ、絆創膏をしてまでゲームを続けていた。アニメの次にゲームにはまり、私はオタク街道まっしぐらの中学生だった。

私はオタクではあったが、音楽は全く別の趣味をしていた。この頃、父は「エド・サリヴァン・ショー」というアメリカのバラエティ番組のビデオテープをどこからか大量に借りてきて、私に毎晩見せてきたのだ。音楽といえば、テレビの中で流れている曲しか聴かない私には衝撃的すぎる内容だった。ジェームズ・ブラウンやジャクソン5、スプリームスといった、黒人歌手の歌のうまさには感服した。ビートルズやローリング・ストーンズは名前を聞いたことがあっても、実際に聴くのは初めてだった。世界的に有名なミュージシャンたちの音楽はみな素晴らしく、自分が狭い島国の限られた音楽しか聞いていないことを思い知らされた。

父の解説を聞きながら、私は毎晩「エド・サリヴァン・ショー」を観た。そうした時間は私にとっての第二の学校だった。父は自分の好きな音楽だけを聴かせたいので、あまり気に入っていない歌手は早送りで飛ばしてしまう。そのとき、「あ、こいつはちょっといいんだよな」と言って止めてくれたのが、ジャニス・ジョプリンだった。

ジャニスの衝撃をなんといえばうまく伝えられるのだろう。とにかく、彼女は私の知っている世界には存在したことがない歌手だった。私が知っている女性歌手というのは、綺麗な声で恋の歌を歌うような人しかいなかったのである。それなのに、ジャニスは顔を歪め、苦悶の表情を浮かべながら、「人生は辛い、苦しい」ということを必死に歌っているのだ。酒とタバコのやりすぎで喉は嗄れて、ガラガラのハスキーボイスだった。女は常に美しさを求められる。綺麗な長い髪、スラリとした体型。加えて大きな目やピンク色の頬。しかし、ジャニスはそのどれも持っていなかった。髪の毛はパーマなのか、くせ毛なのかワサワサとして、手入れしていない長毛犬のようだし、太ってこそいないが、顔はどちらかといえば美しくない。それは、化粧をしていないせいもあるかもしれない。女の顔など、ほとんどが化粧でごまかされている。ジャニスはあるインタビューでこう答えている。

「私は化粧もしないし、ブラジャーもしない。嘘をつきたくないから」

成人しているジャニスがはっきりとこう答えるのを聞いて、私もジャニスのように嘘のない人間になるのだと心に誓った。私にとって正直であるということはこの世で一番美しいことだったからだ。

私はすぐに駅前のイトーヨーカドーでジャニスのCDを揃えた。そして毎日バカみたいに聞き続けた。私がジャニスを好きなのは、歌唱力もあるが、やはりそのメッセージに惹かれたのだと思う。寂しい、悲しい、苦しい。そういった負の感情を切ない声でシャウトする彼女の人生が気になり、私は図書館へと足を運んだ。ジャニスは六十年代を代表する偉大な歌手である。ジャニスは二七歳のとき、ロサンゼルスのホテルの一室でドラッグのやりすぎとアルコールで亡くなった。彼女の人生のすべてを知りたくて、図書館でジャニスの本を探したが、あまりに数が少なくてびっくりした。一〇冊くらいあれば読み応えがあるのに、きちんとまとまった伝記は二冊くらいしか見当たらなかった。私は中身をペラペラとめくり、なるべく情報が多いほうを選んで、家で読み始めた。

ページをめくるとジャニスの写真が載っていた。幼い頃、家の前で撮った写真らしい。幼いジャニスは一緒に写っている子たちとそう大差なく、可愛らしかった。

デビューする前の写真では、髪をひっつめて渋い顔をしていた。興味深く眺めながらページをめくると、そこには絵画の写真が載っていた。キャプションを読むと、ジャニスは画学生だったと書かれていた。私はそのとき、ジャニスも同じ絵描き志望だったということに、運命みたいなものを勝手に感じてしまった。

伝記を読み進め、ジャニスの人生は全く華やかでなく、苦しみの多い人生だったことを知った。アメリカの中でも黒人差別の激しい南部に生まれたジャニスは、ブルースを好んで聴いていた。ジャニスはパブでブルースを歌っていたのだが、そのために学校で「売女」と罵られ、一〇セント硬貨を同級生から投げつけられたりした。ページをめくりながら、私はジャニスの人生が他人事とは思えなかった。ジャニスは徐々に才能を認められていくのだが、彼女の心には孤独が常に巣食っていた。

「ステージに立って、たくさんの聴衆といるときも私は一人」

どんなに成功を収めても、彼女はいつもどこか満たされないでいた。恋人ができても、憧れの人とセックスをしても、孤独の業火は常に彼女を燃やし続ける。

のちになって観た彼女のドキュメンタリー映画『JANIS』には、成功したジャニスが高校の同窓会に行くシーンがある。しかし、有名人になったジャニスに親しく話しかける人はいなくて、彼女は隅っこで暗く俯(うつむ)いていた。私はその映像を観ながら、胸が押しつぶされそうだった。「私はあなただ」と、勝手にそう思った。私はジャニスの持つ、深い孤独を知るものとして彼女のファンになり、彼女を信仰しようと決めた。

しかし、若くして死んだジャニスはアルバムも数枚しか出ておらず、作品が少ない。亡くなった後に発売されたアルバム『パール』には、ジャニスの歌声がなく、バックの演奏だけの曲があるくらいだ。そのうちの一つが「生きながらブルースに葬られ」だ。タイトルは暗いが、曲調はアップテンポで明るい。ジャニスはこの曲にどんな歌詞を乗せ、どんな声で歌うつもりでいたのだろうか。けれど、死んでしまったジャニスはもう何も残せない。

私はジャニスのことを誰かに話したかった。ジャニスの歌声や歌詞について語り合いたかった。けれど、そんな友達は周りにはいなかった。凛子ちゃんは流行りの曲しか聴かないし、藍ちゃんが好きなアーティストはチャゲ&飛鳥だった。

私はこの時期に、友達と合わせるということを学んだ。自分が好きなものを好きというのを控えるようにしたし、トイレに一緒に行ったり、友達が好きなものを私も好きだと言うようになった。そうしないとクラスの中で生活するのは難しいのだ。私は藍ちゃんから誘われてカラオケに行ったけれど、自分が歌いたい曲は一曲も歌わないで、藍ちゃんと一緒にチャゲ&飛鳥の「YAH YAH YAH」を歌った。当時は邦楽ではザ・ブルーハーツが好きだったけど、それも誰にも言わなかった。

友達ができて嬉しかったが、いちいち話を合わせるのに苦労した。「チャゲ&飛鳥がPVの撮影をした、袋田の滝に行きたい」という藍ちゃんの話を真剣に聞かねばならなかったし、チャゲ&飛鳥のコンサートにまで行かなくてはならなくなった。恥ずかしながら、私の初コンサートはチャゲ&飛鳥である。中学生ということもあり、代々木体育館で歌うチャゲ&飛鳥にちょっと感動してしまった自分がいた。ときどき、チャゲのギターがキラキラと光を反射していた。だが、短大生になって、友達と行った少年ナイフやeastern youthのライブのほうが断然面白かったので、多分、私はチャゲ&飛鳥の側ではないのだと思う。

凛子ちゃんとは相変わらず仲良しだった。暇ができると、凛子ちゃんの家に約束なしで行くこともあった。凛子ちゃんは親が離婚していて、自分で洗濯物を干していた。私はその間に凛子ちゃんの飼い犬の散歩をしていた。凛子ちゃんは私のように漫画をたくさん読んではいないけど、なぜか『天才バカボン』を全巻持っていて、私はなんだかちょっと嬉しかった。当時、赤塚不二夫を読んでいる人は周りにはいなかった。

それでも、私たちは受験生なので、友達と遊んでいる暇があまりなかった。私は休み時間も、家に帰ってからもずっと勉強していた。高校は少し学力の高いところを目指していた。なぜかというと、中学の同級生たちは、普通くらいの学力の同じ市内の高校になだれ込むように進学するからだ。私はなるべく、中学の自分を知らない人たちのところに行きたかった。通っていた中学からは一〇人くらいしか行かないような辺鄙なところにある高校に決めた。そこは、下りの電車に二〇分乗って、駅から自転車で三〇分も漕がないと着かない高校だった。不便さからあまり進学する人はいなくて、いい点といえば制服が可愛いことくらいだった。

受験を目前に控えたある日、担任に呼び出された。担任は真剣な顔で私に言った。

「小林、お前は学校を休みすぎて、卒業日数に届いていない。けど、こっちのほうで、うまくやっといたからな」

感謝しろよ、という声色で担任は私に言ってきた。たしかに病気でたくさん休んでいたけれど、卒業できないほどだと思わなかった。学級崩壊まで起こした私に、学校は温情を与えてくれた。そう思って感動していたのだが、大人になって、友達に「小学校と中学校はどんなに学校を休んでいても、絶対に卒業できる」というのを教えてもらって、私はびっくりして、ネットで真実かどうかを調べた。そうしたらあっさりと誰でも卒業できるという答えにたどり着いた。私は学校で先生に脅されていたのだ。そう思うと悔しかったし、怒りが湧いた。先生という存在に対する私の不信感は強い。

受験シーズンになり、私は必死に勉強して、第一志望に合格した。私と同じ高校を選んでいた凛子ちゃんも無事に合格し、心の底から嬉しかった。

三月の卒業式、桜がひらひらと舞う中、私は白いネクタイをひらめかせながら、喜びに打ち震えていた。この学校とやっとお別れで、クラスメイトたちともさよならだと思うと、胸の中にふくふくとした喜びの感情が湧き上がる。ときどき、すすり泣いている声が聞こえた。別れが悲しいなんて羨ましい。

卒業式が終わってクラスに戻ると、担任から卒業アルバムを渡された。その最後のページに、みんなお互いにメッセージを書き合っていた。私もみんなに「書いて！」とお願いして書いてもらった。クラスの女子は笑いながらメッセージを書いてくれた。

「ブスエリコ。元気で！　可愛い○○より」

「ブスエリコ。ちゃんと学校行けよ。可愛い△●より。」

「ゲームやりすぎると、頭がクルクルパーになっちゃうよ！」

私は「あれっ?」と思った。みんな冗談にしては私のこと、「ブス」って書きすぎている。私はこのクラスでブスだと言っていじめにあったことはないのに。そして、やはり冗談にしては少し辛辣すぎるコメントばかりが書かれていた。

私は「ブス」と大量に書かれた卒業アルバムを大事に手にして卒業した。私はこのとき、自分がクラスメイトから排除されていたことに気づいていなかった。三〇を過ぎた頃に、この卒業アルバムを発見して、私は泣きながらそれを引き裂いた。私は最後まで一人ぼっちだったのだ。

高校入学

私の髪の毛はずっと肩くらいまであったが、それをバッサリと切った。男の子と同じくらい短いショートヘアにした。高校生になったら、私はこれまでと違う人間にならなければならない。そうした気持ちからだった。

長い髪を切ると肩のあたりがスースーして涼しい。そしてとても頭が軽くなって、自分の頭が良くなった気すらする。切りたての髪の毛を触りながら、新しい生活ではいじめられないようにと願っていた。私は人に心を許さないようにしないといけない。人間は、弱い人間を見つけると隙をついて、その人間をおもちゃにし、心ゆくまで消費するのだ。私が人間でいるためには、人間として扱われるように振る舞わなければならない。

入学式の日、新しい制服に袖を通して、鏡の前に立つ。グレーのスカートに黒のブレザー、赤いリボンを胸につける。中学のセーラー服と違って、少し大人っぽく見えて嬉しい。けれど、膝下までのスカートはカッコ悪くてテンションが下がった。しばらくしたら絶対に膝上にしようと心に決めた。

中学と違って高校は指定のカバンがないので、好きなバッグを持って通学できる。私は黒のリュックサックを背負って駅まで急ぐ。下りの電車に乗り、駅前の駐輪場に止めてある自転車を漕いで高校に向かう。どこまでも続く田んぼのあぜ道は、爽やかというよりも地獄のようだった。どんなに漕いでも景色が全く変わらなくて、だだっ広い田んぼが広るのみである。駅前から学校までの間に、コンビニは一軒しかない。こんな田舎の高校に三年間通い続けられるだろうかと不安になる。同じ中学の人たちと一緒に登校したので、会話ができるだけマシだった。だけど、卒業アルバムに私のことを「ブス」と書いた子も一緒なのが憂鬱だった。

重たい足でペダルを漕いでやっと着いた高校は、やはり田んぼのど真ん中にあった。それでも校庭には桜が咲いていて、入学式の香りがした。

私はやっと新品になれたんだ。まっさらな気持ちで体育館に入る。校長先生の話に続いて、部活の紹介が始まった。たくさんの新入生に向けて、演劇部は寸劇をしたり、サッカー部はリフティングをしたりしていた。ただ、私はどの部活からも歓迎されないような気がして、呆然として眺めていた。

私は近くにいる凛子ちゃんとおしゃべりをしていた。そして、新入生の男子の中に、肩まで髪を伸ばした長髪の男子がいて、思わず二人で笑ってしまった。高校生で長髪にしている人はほかに見当たらなくて、ものすごく目立っていたのだ。男子は私たちをジロリと見たけれど、気に留めなかった。
クラス表を見ると、中学の同級生が同じクラスに一人いることがわかった。その子は、百合子ちゃんと言った。私たちは自然に一つのグループになった。そして、近くの席に座った子から話しかけられて、会話が始まった。かなり太っていて、制服は特注と思われるその子は、学校の近所に住んでいるらしい。周りの話を聞いていると、ほとんどの生徒がこのあたりの出身だった。通学しやすいところに行くという生徒は私の中学と同じく多いようだった。言葉が訛(なま)っている子が多くて、カルチャーショックを受けた。

私はこのクラスでうまくやるということを考えて、誰とも友達にならないようにした。中学時代のいじめが深く影を落としていて、クラスメイトを信用できなくなっていたのだ。高校生になって少し落ち着きが出てきたので、衝動的に人に話し続けることもなくなった。私はただ、無言でいて、なるべく影のように過ごした。昼休みにも一人でお弁当を食べようとして、誰とも机をつけず一人で食べ始めたら、百合子ちゃんが「こっちに来なよ」と話しかけてくれた。私はそれが嫌だった。私はただ、ひっそりと高校生活を過ごしたいのだ。友達とかグループとかはいらないと考えていた。百合子ちゃんとは別に仲良しではないし、これといって話したい話題もなかった。しかし、断りきれず、私はイヤイヤながら机をくっつけてお弁当を食べた。

流れで百合子ちゃんたちのグループに入ってしまったけど、とても退屈を感じていた。

彼女たちの好きな音楽やドラマに全く興味が湧かないのだ。それどころか、私にはそれらが低俗なものとして映っていた。テレビで繰り返し流れるCMソングが素敵だと言い、視聴率ナンバーワンのドラマを面白いと褒める。みんなが面白いというものを消費している彼女たちは自分の頭で考えていないように私には思えた。

私は父親の影響もあって、音楽は古いロックなんかを聴いていたし、映画も黒澤明や小津安二郎を始めとして、巨匠と言われる監督の作品をよく観ていた。それらと比べると、テレビで流れている音楽やドラマはなんて薄いのだろうと感じてしまう。私は百合子ちゃんたちのグループに入って、一緒にお昼ご飯を食べていたけれど、自分は彼女たちのグループの一員だと思っていなかった。一緒にいて楽しくない人と、過ごすことが苦痛だった。私は自分から百合子ちゃんたちとの間に距離を取った。物理的な距離というより、心の距離だ。私は彼女たちとは違う人間なのだという信念があった。

凛子ちゃんは早速テニス部に入っていた。彼女は部活があるから一緒には帰れない。私は一人で自転車を漕いで帰った。家に着くと六時近かった。カバンの中から文庫本を取り出して、テレビのついている居間で夕ご飯を待ちながら読んだ。読んでいるのはヘッセの『車輪の下』だ。私は有名な文学作品をきちんと読んでいないことに気がついて、中学の頃からこうした作品をよく読むようになった。文学というと、堅苦しいイメージがあったが、ほとんどすべての作品の主人公たちが世の中とうまくやれず、反社会的な行動をしていて、とても共感が持てた。文学は昔、不良が読むものだったというのがよくわかる。私は無頼派が好きで、坂口安吾や太宰治なんかをいつもカバンに入れていた。

私は文学作品をたくさん読んでいたけれど、ファッション誌はあまり読んでいなかった。そもそも、どのファッション誌を読むべきなのかわからない。あまりにも自分がおしゃれでないことに焦り、売れているファッション誌を買ってたまに読むのだが、雑誌の中に出てくる洋服が高すぎてどうやっても手が出せない。洋服を買おうと休日に家を出て、上りの電車に乗るが、渋谷や原宿には怖くていけないので上野に行った。父と何度か一緒に来ている上野のアメ横でカジュアルな洋服を置いている店に入り、Tシャツとジーンズを買った。

家に帰ってその服を着ると、まるで自分が男の子のように見えた。思えば、私は女性らしいものを好まず生きてきた。中学生のとき、自分の傘を買わなくてはならなくて、散々悩んで選んだ傘の色は茶色だった。女子中学生なら赤やピンクを選びそうなものだが、信じられないくらい地味な色を私は選んだ。

私は女らしいものに対してとても抵抗がある。それは中学のときに塾講師から受けたセクハラに起因しているのかもしれない。私はできれば自分の女性性を隠して生きていきたいと思っていたし、周囲からもそう望まれていると思っていた。私が可愛らしいスカートを穿いたり、ピンクのリップクリームを塗ることは「気持ち悪い」と思われそうな気がしていたのだ。兄から「お前も色付きリップとかつけてんのかよ」とニヤニヤと笑いながら言われたとき、それが男性の総意であるような気がしたし、執拗ないじめにあった私には、自分を美しく保つという女の子の矜持を持てないでいた。私はなるべく薄汚れていたかったし、隅のほうに並んでいたかった。

学校の休み時間はずっと本を読んでいた。読書していると誰も話しかけてこないことに気がついたのだ。ときどき、凛子ちゃんのクラスに遊びに行ったが、彼女以外に友達を作らなかった。入学式の日に、凛子ちゃんと一緒に笑った長髪の男子が私のことを見つけて、ゴミを投げてきた。私たちが笑ったことにムカついたんだろう。しまったなと思ったがどうしようもできない。私はただゴミを受ける的になっていたが、大したことはなかった。足を掴んで股を蹴られたり、廊下で水をかけられたり、学級崩壊を起こしたことに比べれば、小さなゴミクズの一つや二つどうってことない。

私は生きながら死んでいるのだ。新しい友情も、素敵な恋も、そんなものはとうに諦めていた。MDのイヤホンからはジャニス・ジョプリンが流れていた。クラスメイトがおしゃべりに興じる中、一人でうつ伏せになってジャニスの歌を聴いていた。

「まるで世界中の誰もかれもが私のことを嫌っているみたい」

ジャニスは一番正しいことを歌っていた。

高校生になったら実現したいと決めていることがあった。それは美大受験のためにアトリエに通うことだった。私が住んでいる街には芸大のキャンパスがあり、駅前のアトリエでは芸大卒の講師がデッサンを教えていた。入り口には大きく「芸大、美大受験」の文字が躍っている。私はドキドキしながらドアを開けた。

「アトリエに通いたいと思っているので、見学をしたいんですけど」

受付の人にそう告げると、奥に通してくれた。渡された資料に目を通すと、授業料が年間数十万円かかるとあった。自分の親の稼ぎがどれくらいなのかわからないが、私の将来のためにきっと出してくれるだろうと自分に言い聞かせる。教室では石膏像を前に自分と同い年くらいの生徒が真剣な眼差しでデッサンを描いていた。しばらくしたら自分もここに混じるのだと思うと心が震えた。見学をした後、講師の人に頭を下げて帰宅した。

自宅に帰り、母にアトリエの資料を渡す。母はそれを一瞥して、

「お父さんに聞いてみなさい」

と言った。父が帰ってきてから、アトリエの資料を渡す。

「お父さん、美大に行きたいからアトリエに通いたいんだけど」

父は私の言葉を聞いて、

「おお、いいんじゃないのか。エリコは絵がうまいし」

そう言ってくれた。しかし、年間の授業料が数十万かかると知ると、烈火のごとく怒り出した。

「こんな金が、うちにあるか！　絵なんかやめろ！」

父は資料を床に投げ捨てる。

私は呆然と立ち尽くしていた。小学生の頃から絵の賞状をたくさんもらって、絵の成績もずっと良かったのに、なんで？　頭の中にたくさんのクエスチョンマークが躍る。「なんで、どうして」という言葉がぐるぐるする。

そしてしばらくすると、それは絶望という言葉に変わった。自分のやりたいことがやれない、希望の大学に進めないというのは、十代の私にとって、目の前が真っ暗になるくらいショックなことだった。

私は絵を描くことをやめなかった。子供の頃から毎日絵を描いていたので、いまさらやめることはできなかった。高校で美術部に入ろうと思ったのだが、幽霊部員しかいないというので、諦めた。私も何か部活に入ったほうがいいのだろうか。私も汗とか涙とか、そういったキラキラしたものを体験すれば、この陰鬱とした気持ちから解き放たれるかもしれない。

私は友達の凜子ちゃんに聞いてみた。

「ねえ、凜子ちゃんってテニス部だよね。私も入ったらダメかな？　私、運動神経悪いいんだけど、みんなとテニスがしてみたくて」

凜子ちゃんは一息置いてから、

「いいよ！　うちの部は弱小だから、遊ぶ気持ちで来てくれていいよ。部活ってみんなで楽しくやるもんだしさー」

凜子ちゃんの大きな口が動く。

「本当？　やったー！」

私は久しぶりに笑顔になった。

「ラケットとかは貸すからさ。ジャージでくればいいよ」

休み時間が終わって凜子ちゃんとバイバイした。私はちょっと楽しくなった。


放課後、いつもなら家に帰って絵を描いたり、本を読んだりしている時間、私はテニス部にいた。ちょっと試しに打たせてもらったが、全くできない。そもそもサーブが当たらない。凜子ちゃんは私のフォローはしてくれず、他の部員との練習に励んでいた。私は部長に「壁打ちしてて」と言われて、ずっと壁に向かっていた。壁打ちすらできず、弾んで転がるボールを追いかけるだけで放課後は終わった。練習が終わった後は部員の人は話しかけてくれたけど、練習中は一人だった。

それでも熱心に放課後はテニス部に参加した。私は部長から壁打ちを命じられて、ずっと壁に向かう。どうやったら、これがきちんとしたラリーになるのかわからない。一回打って壁に当たり、跳ね返って来たものを返す手段が見当たらない。誰か、指導してくれたらいいのにと思ったが、私以外のみんなは試合をしていた。部員だけれども、部員になった気がしない。

心の支えは友達である凜子ちゃんなのだけれど、彼女は他の部員と笑いながらボールを追っかけていた。私はその姿を寂しい気持ちで見つめていた。みんなと一緒に部活をしたいと望んでいるのに、私は一人で壁に向かっている。寂しいという言葉が頭の中に立ち上る。

私は百合子ちゃんたちのグループにいながら、彼女たちのことを低俗だと見下していた。私はそんなひどいことを思いながら、実際は、彼女たちと仲良くなれないことを寂しいと感じていた。毎日一人ぼっちで過ごしているのなんて面白いわけがない。だから、私はこうやって好きでもないテニスをしているのだ。けれど、ここでも私は友達ができないし、一人になってしまう。友達ってどうやって作るんだろう。凜子ちゃんとは家に帰ってから長電話をしたりすることがあるけれど、部活をしている彼女とはそんなに頻繁に遊べない。私は自分と何時間でも話ができて、趣味が合って、一緒にいて楽しい相手、そういう友人が欲しいと思っていた。世間ではそれを親友と呼ぶのかもしれない。

ボールをパコンと壁に向かって打つ。ボールは大きく弧を描いて宙を舞った。やっぱり打ち返せなくて、私はボールを追いかけた。

そんなことが続いて、一ヶ月ほど経った頃、ミーティングが行われた。部長は私の目を見ずに、みんなに言った。

「小林さんがいると練習の邪魔になると思うんだけど、みんなはどう思う？」

私は自分の耳を疑った。たしかに、私は壁打ちすらできない人間だけれども、そんなにみんなに迷惑をかけているとは思っていなかった。たしかにときどき、凛子ちゃんに打ち方のアドバイスをお願いすることはあったけど、それは和を乱すことだったのだろうか。

会議室代わりの放課後の教室はシーンと水を打ったように静まり返った。凛子ちゃんも何も言わなかった。私は身体中が熱くなり、目に熱いものが浮かんだ。

「私、テニス部辞めるから！」

そう言って教室を飛び出した。誰も追いかけてこなかった。私はそのまま部活を退部した。「あんたの居場所なんかどこにもないんだよ」と中学のバスケ部のいじめっ子がどこからかささやいているような気がした。

自転車置き場に行き、帰るために自転車を漕ぐ。春の嵐がやってきていて、風がびゅうびゅうと吹きすさんでいた。田んぼのあぜ道は周りに障害物が何もないので、そのままの強風が体に当たる。自転車が風でふらついて、あまりの強風で前に進まない。私は自転車を降りて、手で押して進めた。風にたなびく重いスカート。短い髪の毛が埃にまみれる。泣き出しそうになるのをグッとこらえて一歩一歩歩く。駅に着いて、契約している駐輪場に自転車を置いた。電車に乗って、文庫本を開く。坂口安吾は『堕落論』で「生きよ、堕ちよ」と説いていた。私は多分、今、堕ちている。人として、底のほうにいる。

地元の駅に着いて改札を出ると、中学のクラスメイトがいた。私のスカートをまくり上げて餅巾着のようにして私をいろんなクラスに回した子だ。しかし、私はいじられキャラとして仲良くしていたのだと思っていたので、

「久しぶり！」

と笑顔で声をかけた。そうしたら、

「声かけんじゃねーよ！」

と怒鳴られた。私はびっくりして、何も言えなくなった。私はいじられキャラじゃなくて、この子にもいじめられてたんだとやっと理解した。

家に帰って、スケッチブックを開き、絵を描く。アトリエに通えないのなら自分でやろうと思い立ち、父が持ってきた週刊誌に載っている裸の女性をデッサンするようになった。絵を描く友達がいない私は、デッサン用のポーズ集があるということを当時知らなかった。一人で何時間も鉛筆を動かす。きちんとした人体を描くのはとても難しい。誰にも教えを

請わず、私は一人で書き続けた。シャッシャという鉛筆の音が私の部屋に響く。母はパートに出ていて、兄も遊びに出かけていて、家には誰もいなかった。小さな牢獄の中で私はひっそりと息をしていた。

テニス部を辞めてからも凜子ちゃんとは普通に挨拶を交わしていたのだけれど、最近、凜子ちゃんは私以外に仲のいい子ができたようだった。同じクラスの女の子で、真っ赤なほっぺたをした子だった。凜子ちゃんはその子に夢中になってしまったようで、休み時間も私と話さなくなったし、休日に遊ぶこともなくなってしまった。私は初めてできた友達を失った。廊下で凜子ちゃんが真っ赤なほっぺたの子と笑い合っているのを横目にそばを通り過ぎた。もう、凜子ちゃんは私の友達じゃないのだ。そうわかったら、なんだか身体中に黒い不安がまとわりついて離れなくなった。私は徐々に眠りが浅くなっていった。

登校するときは相変わらず、中学の同級生たちと一緒に行っていた。使う駅が一緒なので、特に約束をしたわけでもないがだいたい一緒に通っていた。凜子ちゃんもその仲間だったので、登校中には顔を合わせていた。一応、話を合わせるけれど、私の頭の中には赤いほっぺの子がチラチラと影を落としていた。

凜子ちゃんに彼氏がいるということがクラスメイトの噂から伝わってきた。そして、赤いほっぺの子にも彼氏がいるということも知った。二人は廊下で子猫みたいにじゃれ合いながらおしゃべりしていた。きっと、お互いの彼氏の話をしているのだろう。凜子ちゃんと私は一応友達なので、赤いほっぺの子とも話すことが多くなった。彼女は恥ずかしがることもなく「私、キスが大好きなの〜」とデレデレとした顔で私に話してきた。キスどころか、まだ好きな男性すらいない私はなんと対応していいか、わからなかった。徐々に大人の女になっていく周囲の状況と比較して、私はまだまだ幼かった。高校生になってもブラジャーをつけないままだし、化粧にも興味がない。

私がブラジャーをつけないのは、胸が小さいことと、中学時代の胸に対するいじめの影響だと思う。そして、私は大好きなジャニス・ジョプリンが「ブラジャーは嘘をつくことだから」と言っていたので、つけないのをよしとしていたのだ。

そんな私に興味を持つ男性などどこにもいなかったし、そういう対象として見られるのも少し怖かった。他の高校に通っている女の子が激しい痴漢に遭っているという話を聞いていたし、一緒に登校している女の子がカバンの中にエロ本のグラビアの切り抜きを入れられたりしていたのだ。私には男性に対する恐怖や恐れがあったし、テレビドラマのような素敵な男女の恋愛が身近なものにも思えなかった。恋愛ドラマを観て、自分の姿を投影できる女の子は幸せだと思う。私にとって恋愛というものは、遠い国の出来事のようだった。

百合子ちゃんたちが、みんなで遊園地に行こうという話で盛り上がり、私も行くことになった。百合子ちゃんたちのことは好きじゃないし、一緒にいても楽しくないけれど、遊園地に誘われるのは嬉しかった。この頃の私は寂しくて仕方なかった。孤独でどうしようもないくせに、気の合う友人が見つからないし、学校の中にも居場所が見つからなくて愕然としていた。

それでも遊園地を楽しまなくてはと思い、布団に入って目を瞑るのだが、どうしても眠ることができなくて、朝まで布団の中でゴロゴロしてやり過ごした。私は一睡もできないまま、電車に乗って遊園地に向かうが、頭がぼんやりして、足元がフラフラする。遊園地に着いたけど、私は気分が悪くて乗り物に乗れなかった。大好きなジェットコースターにも乗る気がしない。私はベンチに座り、目を瞑ってじっとしていた。

死にたい気持ち

「自殺」という単語がもうもうと黒煙のように立ち上り、形を作り始めたのはこの頃だ。もちろんこれまでも、うすぼんやりと、自殺や死に対する何かしらの感情はあった。けれど高校生になって、両親に進路を反対されてから、その二文字ははっきりと目に見えるようになった。

私はかなり早い時期から、将来は美大に行くと決めていたので、突然それを否定されてしまって、未来予想図が描けなくなってしまった。高校生になったらアトリエに通って、三年間デッサンの練習をして、どこかの美大に進学する。就職は大学生のうちに考えればいい。未来の設計図はそこまでしか描かれていなかったし、それ以外の道は描いていなかった。突然照明が落とされて、目の前の道が見えなくなって、自分がどこにいるのか、どこに向かっているのか、さっぱりわからなくなった。人生という道程の中で、私は迷子になった。

勉強は手につかなくなっていった。そもそも、なんのために勉強するのかわからない。

美大に行くためには国語や英語も必要だからと勉強していたが、美大に行けないのなら、それらを勉強する意味がない。美術以外の大学に行くという選択肢もあるが、私はやりたくないことにお金を出すのは一番もったいないと思っている。行きたくもない大学に、学歴のために進学するのは間違っている気がしたし、最高学府に行くのだから、目標を持って、やりたいことを学ばなければならない。だから、私は美術以外の大学に行く気持ちはなかった。

私の心を支配していたのは、美術がやれなくなった今、どうやったら今の自分に満足ができるのかということだった。私は毎日不安と恐怖で怯えていて、未来を断たれ、生き方がわからなくなってしまい、闇雲に本を漁(あさ)り始めた。きっと、先人たちも私と同じように絶望したことがあるはずだ。お願いだから教えてください。人間は未来や将来を断たれたときにどうやって生きたらいいのでしょうか。

図書館の哲学や宗教、心理学のコーナーに足を踏み入れ、足りないときは国内外の文学作品を読んだ。ユング、フロイト、ショーペンハウエル。私は自分の心をまさぐっていた。「自殺」とタイトルにつく本があれば必ず借りた。「死にたい」という気持ちが頭の中に常にあり、それは腫瘍のように取り除くことができなかった。

授業中に教科書を出さず、ずっと図書館で借りた本を読んだ。どの先生も私を注意しないので、私はそのまま本を読み、授業を放棄した。しかし、どんな「幸福論」と銘打った本を読もうとも、私の心は一向に回復しない。何を知れば私は自殺の誘惑に打ち勝てるのだろうか。

あるとき、電話ボックスで「いのちの電話」の張り紙を見つけて、勇気を出して電話した。しかし、話し中でなかなか繋がらない。世の中には死にたい人が多いということが意外に思えてびっくりした。それでも、私は相談員の人と話したくて、何回もかけ続けたら、やっと繋がった。

知らない女の人が「どうされましたか」と電話の向こうから私に問いかける。私は「死にたいです」としか言えなかった。何回か言葉を交わしたが、女の人は「あなたには子供と過ごすのがあっているんじゃないかしら？　保母さんとかやってみたらどう？」と見当違いのことを言うので、怒って電話を切った。

それでも私はよく「いのちの電話」に電話をかけていた。私には困ったときに相談できる人が本当にいなかったのだ。きっと健康な人は、友達や家族など、気軽に相談できる人が周りにいるのだ。私はテレホンカードを公衆電話に挿入して、いのちの電話の相談員に「死にたいです」と訴え続けた。相談員はいろんな人がいたけれど、大抵は私の話をただ聞くだけの人が多かった。問題は解決しないけれど、話を聞いてもらえるだけで安心した。私は電話の向こうの知らない相手にしか弱音を吐くことができなかった。

たった一人の友達をなくし、未来をなくした私は、空っぽだった。そのうち、本を読むのも辛くなってきた。一行を理解するのに一〇回も二〇回も読まないとわからなくなってきた。私は頭がおかしくなってしまったのだろうか。それだけは嫌だ。気が狂うのだけは避けたい。しかし、手元の『夜明け前』の次のページをどうしてもめくれない。私も主人公と同じように差別され、排斥される人間になってしまうのか。私は結局、『夜明け前』を最後まで読むことができなかった。涙が止まらず、もう何日間も熟睡していないことに気がつく。私はようやく母に言った。

「お母さん、精神科に連れていってください」

私は母に頭を下げた。


精神科に行きたいという娘の言葉に、母は聞く耳を持たなかった。

「バカなこと言わないの」

そう言って、テレビのチャンネルを変えた。私は虚ろな目をして自室にこもった。

学校には通っているものの、心は鉛のように重く、知らず知らずのうちに何回も深くため息をついていた。私のことを「ブス」だと卒業アルバムに書いた子が、

「エリコ、また、ため息ついてる～。ため息つきすぎ～」

と冷やかしてギャハハと笑った。一緒に自転車に乗って登校するのもうっとうしい。誰とも関わりたくない。一人になりたい。私の悩みや苦しみをわかってくれる人はこの世界

にはいない。チャイムが鳴り、生徒が校舎に吸い込まれていく。みんなと同じ制服を着ているけれど、みんなと同じように笑って学校生活を送れない。眠れない日々が続いて眠いはずなのに、頭はいやに冴えてしまう。ガンガンと響く頭の中では、「死にたい」という言葉がコーラスしている。私は教科書を出さず、机に突っ伏していた。そして、声を出さずに泣いた。制服のブレザーは涙で黒いシミがついて、それだけが私の心を語っていた。

何回か、母に精神科に行きたいと懇願した。母は拒否していたが、私がしつこく食い下がったので、精神科に行くことを許してくれた。ただ、住んでいる地域の精神科には行かず、電車に乗って隣の県まで行くことを提案された。

学校を休んで、母と二人で電車に乗る。降りるとそこは何もない土地で、病院は駅前になく、バスを待たなければならなかった。総合病院行きのバスに母と乗り込み、私は畑が広がる窓の外を眺めていた。

病院に着くと、母と一緒に受付に向かう。精神科というものはなくて、あったのは心療内科だった。どう違うのかよくわからないが、心のことを診るのはどちらも同じだろう。予約を入れていたのに、ずいぶん長く待たされた。

二時間は待っただろうか、やっと診察室に通された。目の前には三十代前半くらいの、医者としては若い女性がいた。私はこの日のために、自分のことを書いたメモを用意してきた。初めての心療内科なので（正確には子供の頃に精神科と知らされず来ていたが）何か準備をしたほうがいいと思っていたのだ。自分の好きな作家や考えていることなどを書き記しておいた。医者は軽く目を通したが、特に何も言わずにそれをファイリングした。バチン！と勢いよくファイルされる、私の超個人的な情報。症状を聞かれて、

「眠れないです。いつも死にたくなります」

と答えた。

「ふーん」

と医者は言うが、私のほうに目もやらない。「冷たい」という印象しかなかった。心療内科だから、私はもっと優しく心を解きほぐしてくれるのではないかと期待していたのだが、間違いだったようだ。

「とりあえず、お母さんと話すから」

そう言って、私は外来の待合室に戻された。しばらく待つと母が戻って来たけれど、自分から何かを母に聞くことは難しかった。診察はそれでおしまいで、母と二人で薬局に行き処方された薬をもらった。朝、昼、晩四錠ずつ。寝る前二錠。一日に一四錠。私はこれを飲んだら死にたくなくなるのだろうか。

家に帰って、薬を飲んで横になった。三時間くらい経った頃だろうか、なぜだかとても明るい気分になった。私は家の中をフラフラ歩き、

「お母さん、薬ってすごい効くね。なんか楽しくなってきちゃった」

とニヤニヤしながら言った。

「痛っ！」

私は家のドアに強く頭をぶつけた。足元がおぼつかない。母は心配そうにオロオロしていた。

薬を飲んで楽しい気分になったが、しばらくしたらその気持ちはなくなり、暗い気持ちが押し寄せてきた。それは薬を飲む前よりもひどい、憂鬱の波だった。学校にはなんとか通っていたものの、家に帰ると死んだように動かなかった。思考も停止し、すべての生活が沈黙した。

母が、

「エリコ、あの薬はもう飲むのをやめなさい！」

と怒鳴った。

「でも、薬を飲まないと病気は治らないよ」

私は母を見た。

「あなたの様子はおかしいから、次の診察のときに薬を変えてもらいましょう。それまでやめなさい」

私は早く病気を治したかったので、薬を飲みたかったが、自分でも症状が悪化しているのがわかったので、母の言うとおりに従った。

二週間後、また電車に乗って、大きな病院に向かう。母と二人で診察室に行く。医者は薬の効きがおかしいと言う母に対して、不審そうな眼差しを見せていたが、なんとか納得して薬を変えることを了解した。私に対してはこれといった声かけはなかった。私を診察しているのでなくて、母を診察しているみたいだった。

母は、医者と病院に対して不信感が募ったらしかった。なぜかというと、『薬科学大辞典』という分厚い本をいつの間にか購入していたのだ。日本で発売されている薬が網羅されていて、詳しく効能の説明が書かれている本だった。当時、まだ薬局で薬と一緒に効能を書いた紙を渡してはくれなくて、ただ医者が出す錠剤を信じて飲むだけだったのだ。出された薬がなんの薬で、どういう副作用があるのかといった説明は一切されていなかった。医者は私がなんの病気かという説明をしてくれず、ただ薬を出すだけだった。

私は出された薬を母が買ってきた辞典で調べた。錠剤に書いてあるアルファベットや数字、形、シートの色などで判別し、出された薬を自分で調べる。長い時間かかって薬の効能を見ると、「抗うつ剤」とあり、寝る前の薬は「睡眠導入剤」とあった。私はこれを見て、自分はうつ病なんだとわかった。

うつに侵されながら、私は学校に通っていた。昼休みのお弁当のときに、薬を飲むのをどうしようか悩んだ。同じグループの子から、

「それ、なんの薬?」

と言われて、私はとっさに、

「アレルギーの薬」

と答えた。それ以上追及されなかった。私はホッとしながら、嘘をつかなければならない自分が嫌でたまらなく、隠すべき病だということが納得いかなかった。私は何か悪いことをしたのだろうか。

薬を飲み始めてから、体重が一ヶ月で三キロ増えた。私は今までダイエットの心配をすることなく生きてきたので、突然の体重増加はショックだった。ここ一ヶ月での変化といえば、向精神薬を飲み始めたことしかない。私は診察の際に、主治医に「薬を飲むと太るんでしょうか？」と尋ねたのだが、「そんなことはない。あなたの不摂生でしょ」と一蹴された。しかし、これは間違いで、向精神薬の副作用で太るというのはよくあることだと大人になってから知った。

けれど、当時の私は医者の言葉を信じて、自分がいけないのだと思い、ダイエットを開始した。ご飯の量を今までの半分にして、晩ご飯のトンカツは衣をはいで食べた。そして、毎日家の中で筋トレをした。夏の夕暮れ、汗が額を流れ落ちる。必死にダイエットをした私はなんとか元の体重に戻ったのだが、ダイエットをやめてしまうと、また太り始めた。ただでさえ低い自己肯定感が、太ったことによりさらに下がっていく。少しきつくなったスカートのウエストを指でいじりながら、自分が醜くなる恐怖に怯えていた。

薬を飲みながら、ときおり思い出したように絵を描いた。もう、写実的な絵は描けなくなっていた。形を綺麗に捉えることは不可能になっていた。感覚だけで筆を走らせる。絵を描くときは必ず、絵の具を他の色と混ぜることが絵の基本だが、混ぜることをやめた。激しい原色で、弾けるような絵を描いた。私はいい年をして、まだ父からの承認を得たくてたまらなかったし、絵を見せれば父が私の才能に気がついて美大に行かせてくれるのではないかと思っていた。

会社から帰宅してくつろいでいる父に、

「描いた」

と言ってぶっきらぼうに、絵を渡す。父は、

「おお！　うまいじゃないか。まるでゴッホみたいだ」

と褒めてくれた。

「ねえ、うまいなら美大に行かせてよ」

そう言うと、父は狂ったように吠え立てる。

「何をバカなこと言ってやがる！　そんなところに行かせられるわけないだろう！　頭を冷やせ！」

バシンと絵を放り投げた。

「うまいって言ったじゃん！　嘘つき！　うまいなら美大に行かせてよ！」

子供のように私は大声をあげて父に怒鳴った。涙が後から後から溢れ出る。私は歯を食いしばって、自分の絵を拾って自室に戻った。どんなに薬を飲もうが、私は死にたくて、死にたくてしょうがなかった。

「ちゃんとできてるかな。役に立ってるかな」

二年生になった頃、父がアトリエ代を出してくれないなら、自分で稼いだらどうかと考えるようになった。しかし、バイトをしていたら、アトリエに通えない。この案は無理かなと、ぼんやり考えた。

父が読んでいた下世話な週刊誌に、女子高生が援交している記事が載っていた。私と同じように制服を着た女の子たちが体を売っておじさんから何万円ももらっているそうだ。その記事に、「処女なら百万円になる」と書かれていて、私はその箇所を何回も眺めた。百万円ならアトリエ代には十分だ。記事を何回も思い出しては、反芻する。私がこの先、誰か男性に大切に思われる可能性は極めて低い。処女なんて私にとっては大事な問題じゃない。ブスで見栄えが悪くて暗い私の性的価値は低い。もちろん抵抗感はあるけれど、みんなやっていることだ。私にだってセックスくらいできる。

そうやって何回も考えてみたけれど、茨城の女子高生が渋谷で自分を百万で売る具体的な方法などわからず、結局実行には移さなかった。ただ、私はそうまでしても、アトリエに通って絵の勉強をしたかった。

私はバイトを始めてみようと思った。今からお金を貯めて、三年生になってからアトリエに通えばいいのではないかと考えたのだ。受験が差し迫った三年生からでは遅いと思うけれども、やらないよりはいい。少しの可能性でもいいから賭けてみたい。一生懸命やれば、どこかの美大に引っかかるかもしれない。

駅前にはイトーヨーカドーなど、ショッピングプラザが三軒あって、いつもどこかのお店がバイトの募集をしていた。

私は母に、「どういうお店なら雇ってもらえやすいの？」と尋ねた。

「そうね、『バイト急募！』って書いてあるところは、本当に人を必要としているから受かりやすいわよ」

そう言われて、私はショッピングプラザの中を行ったり来たりした。そして、一軒のお寿司屋さんに「バイト急募！」の張り紙を見つけた。書かれている電話番号をメモする。

帰り道の文房具屋さんで履歴書を買った。

帰宅してから、履歴書を埋める。私は字が汚いので、なるべく丁寧に書いた。小学生のときに、字が汚いと将来損をすると思って、母に習字を習いたいとお願いしたが、お金がないからと断られた。あのとき、習っていればと臍(ほぞ)を噛んだ。履歴書を埋めて、お店に電話をして、面接の予定を入れてもらう。私はドキドキしながら面接日を迎えた。

面接の日、お寿司屋さんの店長が挨拶をしてくれた。面接場所として近くのマクドナルドの席を借りる。履歴書を見ながら、店長はにこやかにいろいろと質問をしてくる。週何回入れるのか、接客業は大丈夫か、などなど。私は笑顔でハキハキと答える。店長の質問に答えながら、一番気にしていたのは時給だった。張り紙には時給が書いてなかったのだ。店長の面接はとても長く、四〇分以上になっていた。それでも、時給の話をしてこなくて、「うちのバイトにも同じ名字の小林がいるよ」というどうでもいい情報を伝えてくる。私はもしかしたら、時給は自分から聞くのが礼儀なのかもしれないと思い、

「すみませんが、お店の時給はいくらでしょうか？」

と切り出した。そうしたら、店長は瞬く間に怒り出した。

「君ねえ、言っていいことと、悪いことがあるんだよ！　そういうことを聞いていいと思っているの？　こっちの気持ちも知らないでよくそんなことが言えるね。君みたいな人間は将来ろくな人間にならないよ！」

私はびっくりして、縮こまった。時給を聞くのがそんなに悪いことだったとは知らなかった。「申し訳ありません」と小さく答えるが、それをかき消すかのような店長の怒鳴り声。私は目に涙がたまり始めた。涙をこぼさないようにするのに一生懸命だった。

店長はひとしきり吠えた後、ぼそっと言った。

「うちの時給は五百円だけどね」

私はあっけにとられた。いくらバカな私でも、五百円が違法な時給だということはわかる。最低賃金を確実に下回っている。しかし、なぜ、違法なことをしている店長がこんなに怒り散らし、まるで、私のほうが悪者みたいになってしまっているのだろう。私は唇をかみしめて、絶対にこんな店で働くものかと誓った。面接の後、あれだけ私に罵声を浴びせた店長から電話がかかってきて、面接は合格だと言われた。私は一言、「お断りします」と電話口で呟いた。仮に、時給が八百円だとしても、あんなに怒鳴り散らす人の下で働きたくない。

私はその後も、何軒かバイト募集のところに面接を申し出たが、どこも受からなかった。「バイトをしたいんですけど面接をお願いしたくて」とお惣菜屋さんの売り子の人に声をかけたら「うち、男の子は取ってないんで」と断られた。私はその日、休日だったので、オレンジ色のTシャツにベージュのラップスカートを穿いていた。上半身しか見えなかったので、胸がなく、ショートヘアの私は男に間違えられたらしい。私は自分が女であると宣言するのもめんどくさくなって、そのますごすごと帰った。中学のとき、塾講師に性的嫌がらせをあれだけ受けたのに、今は男と間違えられてしまう。私は人の目にどう映っているのだろうか。バイトの面接は五回落ちたところで、なんだか、自分がすっからかんの無能のような気がしてきてしまい、受けるのをやめた。

イトーヨーカドーの地下一階にはケーキ屋さんがあって、中学の同級生がバイトをしていた。私の目からは、彼女は私より一足先に大人になっているように見えた。仲良くはなかったが、話したことがあるので、話しかけてみた。すると、彼女は大して嫌な顔をせず、それどころか、「賞味期限が迫っているから」とレーズンサンドをくれた。私はお礼を言ってそれを受け取り、食べながら帰った。こういうことができるのも大人の証のようで羨ましかった。

この頃の私にまとわりついていた考えは、「自分はなんの役にも立っていない」というものだった。何かをして人から感謝されるとか、他の誰かが自分を必要としてくれるなどの感覚が全くなかった。友達もいず、部活もやらず、どこにも所属していなくて、寂しさだけがしんしんと深い雪のように降り積もっていた。

ため息をつきながら、学校へ向かう。いつもと同じはずの校門前は、その日はちょっと雰囲気が違っていた。数名の女生徒がチラシを配っている。

「我々、演劇部は部員が足りなくて、夏の大会に参加できません！　誰か入部してください！」

ショートヘアの小柄な女性からチラシを渡された。簡単な部活動の内容が書かれていた。最初は演劇なんて興味がないし、自分とは関係ないと思って放っておいた。しかし、次の日も、そのまた次の日も、演劇部の彼女たちはチラシを配って部員を必死に探していた。

私は考えてしまった。この人たちは本当に困っていて、誰かの助けを必死に求めている。それを見過ごすのは人として良くないのではないだろうか。

この頃の私を支配していたのは仏教の思想だった。私は人のために、自分を捨てることを目標としていた。今思うとちょっと恥ずかしいが、当時の私は真剣だった。世の中を良くするには、自分のことを顧みずに、人に尽くすのが良いと考えていたし、日々そうやって生きることによって世の中は変革していくのだと信じていた。私は自分の置かれた場所で、一番困っている演劇部の人のために動くことにした。

放課後、チラシを持って演劇部の部室に行った。演劇部の部員の人たちは私を見て、顔をほころばせ、声をあげた。私は良いことをしたのだと思ってホッとした。

演劇部には入るのではなくて、夏の大会まで所属することにしてほしいとお願いした。来年は三年生だし、受験の準備も早くしたいからだった。期間限定の部員として私は迎え入れられた。演劇部は三年生しかいなかった。来年は廃部になってもおかしくないがみんなは生き生きと部活に励んでいた。体操着に着替えて、柔軟体操を行う。前屈をしたとき、部員の子が私の上に覆いかぶさった。その子の体重で前に体が沈む。私は思わず、

「アイタタタタタ！」

と叫んだ。激しい前屈を強制されるとは聞いてなかった。その後はみんなで腹筋を鍛える。そして、発声練習。

「あめんぼあかいなアイウエオ！」

演劇部の活動はどれも初めてだったが、部員のみんなが優しいので、辛くはなかった。その後、台本を渡される。演目は水上勉の『ブンナよ、木からおりてこい』という作品だった。

私に与えられたのは脇役の子ガエルの役だ。セリフは二つだけだったので、ホッとした。たくさんだと覚えられる自信がない。私たちは体育館の隅っこで、台本を読み合わせた。みんな、とてもうまかった。声に感情が乗っている。十代だと、何かを真剣にやることはなんだか恥ずかしいと考えがちだけれど、演劇部は大真面目だった。強く感情を込め、あるシーンでは本当に涙を流し、本当に喧嘩した。私はグイグイとその場の雰囲気に飲み込まれる。体育館の一部分は本格的な劇団のようだった。

学校が終わってから、毎日、演劇部に行った。みんなと体を動かし、セリフを読み、動きをつける。演出をやるのは部員の人で、将来は本格的に演出家を目指しているらしかった。きっとみんな大学に行っても演劇を続けそうだ。それに比べて、絵を描きたい私は美大に行けるのかどうかすら非常に怪しい。やりたいことがやれる人生を歩む人たちは美しかった。凛としていて、人生に対しての矜持を持っているように見えた。

演劇部の人と共に芝居を作るにつれ、面白いと思いながら、私がいる場所はここではないという声が聞こえた気がした。私が向かうべきはキャンバスのはずで、手にすべきは絵筆だ。台本を手にしている自分は自分の理想と乖離していた。演劇部の練習を三ヶ月くらい続けて、夏休みも学校に通って練習をした。先輩たちは練習といえども一切手を抜かず、セリフの一つ一つに魂を込め、視線の先にまで力を入れていた。

私は自分の出番が終わった後に、先輩たちの演技を見た。好きなものに全力をかける姿を見て、これが青春なのかもしれないと思った。私は青春を目の前にしながら、青春からつまはじきされていた。私も演劇が心の底から好きだったらいいのに。でも、私が心を奪われているのは絵だった。

演劇部の部室でジャージに着替えながら、先輩たちの話に耳を傾ける。演出をしている先輩がこう言った。

「私、学校は演出の勉強ができる学校に行くことにした」

それをみんな当たり前のように聞いていた。続けて主役をやっていた先輩が声をあげる。

「私も演劇が続けられる大学に行こうと思う」

みんな当たり前のように自分のやりたいことを卒業しても続ける気持ちでいる。親は反対しないのだろうか。演劇なんてやったって、生き残れるのは一部の人だし、夢みたいなことはやめて、普通の大学へ行けと言われないのか。私は先輩たちが心から羨ましかった。先輩たちが好きなことを心ゆくまでやっていいと言ってくれる親がいることが羨ましいと思った。演劇で食べていくことができなくても、自分の夢に向かって気が済むまで挑戦すれば、自分の心は満たされるだろう。私にはそれができない。アトリエに通うこともできないし、美大に進学することもできない。今の状態では受験すらできないだろう。

夏休みの終わり頃、演劇の県南大会が開かれた。私は用意してもらった茶色のオーバーオールを着た。これが衣装だった。他のカエルの役の子も同じ服装だった。

『ブンナよ、木からおりてこい』という劇は、主人公のカエルのほか、蛇などが出てくる。テーマは弱肉強食の世界だ。私は主人公のブンナの仲間のカエルとなって、舞台で歌を歌い、踊り、カエルらしくジャンプした。演劇部の顧問の先生が見に来ていて、私の演技を褒めてくれた。少し心がこそばゆかった。

県南大会で演劇部は見事優勝した。とても名誉なことで、部員はみんな泣いていた。そして次に、県大会に出ることになって、私も出るように誘われたのだが、断ってしまった。みんなのことは好きだし、仲のいい人も一人できたのだけれど、やっぱりここは自分の居場所じゃないという思いが強かった。私がやりたいことは絵を描くことだし、それに、来年は受験だから、あまり時間を取られたくなかった。

私はときどき学校帰りに、イトーヨーカドーの一階に寄るようになった。中学の同級生がバイトをしているケーキ屋さんを訪れるためだ。放課後はいつも駅前をぶらぶらしていた。駅から少し離れたところに河川敷があるので、そこを散歩して川を眺めたり、近くのお寺にお参りをしたりして過ごしていた。いつものようにケーキ屋さんに寄ると、同級生が白いエプロンをつけて売り子をしている。

私は近づいていって、軽く声をかける。そして、天気の話などの本当にどうでもいい話をした。すると、同級生からこう言われた。

「ねえ、クリスマスに三日間だけうちでバイトしない？　クリスマスケーキを売らないといけないいんだけど、人が足りないんだよね」

私はびっくりした。あれだけバイトを探しても一切受からなかったのに、向こうから降って来るなんて思いもしなかったのだ。

「大丈夫！　空いてるよ！　バイトしたい！」

私は嬉しくなって声が少し大きくなる。

「じゃあ、店長に言っておくから。二三日の一〇時にお店に来て」

私は大きく頷いた後、同級生に手を振って帰った。やっとバイトができる。短期だけど、それでも十分だ。私はいつもと違うクリスマスの予定に胸を躍らせていた。

朝一〇時、私はケーキ屋さんにいた。同級生と知らない男性と三人で、これから三日間クリスマスケーキを売るのだ。支給されたサンタクロースの衣装を身につける。仕事内容を教えてもらったが、とても簡単だった。販売するケーキは五種類しかないし、すでに箱に入っているので、そのまま渡すだけだ。

「いらっしゃいませー！　クリスマスケーキはいかがですかー！」

声をあげる同級生につられて私も声をあげた。

「いらっしゃいませー！」

私の住む田舎の街でさえ、クリスマスになると活気付いているのがわかる。駅前にはイルミネーションが灯り、スーパーではクリスマスのチキンやオードブルがたくさん並ぶ。

「チョコクリームのやつ、一つもらおうかしら」

主婦と思われる女性がケーキを眺めながら、声をかけてきた。

「ありがとうございます」

同級生がレジを打ち、私は積んであるケーキをお客さんに渡す。会計を済ませると主婦の人はケーキを手にして店を後にした。私はその姿を見てなんだか胸の奥がジーンとした。今まで、私はずっと消費する側だったのに、サービスを提供する側に回ったのだ。なんだか、少しだけ大人になれた気がした。それに、「いらっしゃいませ」「ありがとうございます」を言うのもなんだか心地よかった。仕事をする者だけが口にすることを許される単語だからだ。

私は同級生と一緒にたくさんのケーキを売った。ただ、働いている間、私は自分が役に立っているのかわからなくて不安で仕方なかった。きちんとケーキを渡したり、在庫を確認したりしているけれど、この場でケーキを売るという役割を全うできているのか、はっきりわからない。多分、この気持ちは私の中の病的なものだと思う。

私は同級生に「ちゃんと仕事できてるかな。役に立ってるかな」と繰り返し聞いた。同級生は「大丈夫だよ。ちゃんと仕事できてるよ」と声をかけてくれた。そう言われても、自分が無能な人間なのではないかという不信が消えない。それでも、その心の声をかき消すように、一生懸命ケーキを売った。田舎のこの街にはあまりケーキ屋さんがないため、ケーキはたくさん売れて、ときおり列ができた。最終日を無事に終えると、同級生が「月末に私の家までバイト代を取りに来てね」と伝えてきた。

私は約束した日に同級生の家に行き、バイト代を受け取る。茶色の封筒には一万数千円が入っていた。大金だ。私は初めて稼いだお金を大切にカバンに入れた。ああ、このお金を何に使おうか。私は頭の中で欲しいものをたくさん思い浮かべた。新しい洋服、カバン、絵の具、スケッチブック、漫画。欲しいものを考えていたらなんだか幸せな気持ちになって、一二月の寒い空気も気にならなかった。高校二年生ももうすぐ終わる。白い息を吐いて家路を急いだ。

なりたいものがあるのに

高校三年になって、私はもう一度、母親にアトリエに行かせてほしいと伝えたが、

「美大は諦めなさい。アトリエのお金は出しません」

と、すげなく言われた。父親にも話したが、また鬼のように荒れ狂い、美大行きを徹底的に反対された。私はどうしたらいいのかわからなくなった。

学校では相変わらず、勉強をしないでいた。試験前だけ必死に勉強するので、追試にはならなかったが、下のほうの成績だった。「下」と言い切るのは語弊がある。私は勉強をしないで、本ばかり読んでいたせいで、国語の成績だけダントツに良かった。私の父は「一番にしか意味はない」と断言する人間で、「学年でトップになったら一〇万円やる」と言ったことがある。私は国語で学年トップを取って、父に成績表を叩きつけた。父は一〇万円をくれなかったが、一万円はくれた。

私の成績は国語以外が極めて低く、バランスが悪すぎて、どこの大学に行けばいいのか誰もが悩む成績表だった。私は高校三年になって、デッサンを一ミリも学んでいないのに、

まだ、美大の夢を諦めていなかった。

大学案内を見て、試験にデッサンがない学部がないか調べた。石膏デッサンがなくても、なんらかの絵の試験は確実にあって、今の状態ではとても受かりそうにないし、そもそも今の実力すらわからない。

映像科はデッサンがなかった。私は父の影響で映画をたくさん見ていたので、映像科に進もうかと考えた。図書館に行って、映画の作り方の本を読んで、「必要なのはチームワーク」という項目を一目見て諦めた。私は団体行動が苦手だったし、他者と意思を疎通させるのも下手だった。

小学校、中学校とあんなに絵を褒められて、得意になっていたのに、絵は今の自分を縛るものでしかなかった。クラスメイトに、

「エリコの『エ』は『絵を描く』のエだね」

と言われて、少し自分の名前が誇らしかったのに、今では呪いでしかない。

父と母が美大を反対する理由が、全くわからないわけではなかった。父も母も、絵では食べることができないと思っているのだ。美大を出たから必ず、画家にならなければならないわけではない。就職先はいっぱいあるはずだ。高校生の私にはその就職先がどこなのかわからないが、美大に行けば、たくさんの教授と同級生がそれを教えてくれるはずだ。

それに、世の中のすべてのものはデザインが施されていて、絵は日常の中にちりばめられ

ている。ティッシュケースの箱や、調味料の袋。すべてを美術が媒介しているのだから、美大に行って就職先が見つからないというわけはない。しかし、それをプレゼンする能力など、当時の私には皆無で、美大に行きたいという希望だけが化け物のように膨らみ、制御できなくなっていた。

私は学校を休むようになった。もう、学校に行く意味が見当たらなかった。

スポーツバッグに私服を詰めて、家を出る。学校とは反対方向の電車に乗り、東京に向かう。終点の上野で降りて、トイレで着替えて、上野公園まで歩いた。日差しはすべてに平等に降り注いでいた。

椅子に腰掛けて、母が作ったお弁当を広げる。いつもと変わらない味だが、公園の空気で味付けされて、いつもより美味しかった。みんな今頃学校にいるのだなと思うと、なんだか、自分が得しているみたいだった。あんな狭くて、面白くないところでみんな必死に勉強している。私はプチトマトを頬張って、空を見上げた。

空はからりと晴れて、どこまでも澄んでいた。私の心とはまるで真逆で、なんだか涙が出そうになった。私は将来どうしたらいいのかを考えると怖くて、怖くてたまらなくなり、急いで心療内科でもらった薬を口に入れて、死にたい気持ちを胃袋の中に押し込めた。

夕方になり、自宅に帰る。学校に行ったふりをして、母にはいつもと同じように振舞った。荷物を置くと、すぐに家を出た。家に居たくないという気持ちが強くなって、いつからか、夜に外出することが増えていた。夜、外に出るといっても、私には悪い仲間などおらず、ただ、一人で辺りを散歩するだけだった。

川を見に行こうと思い、一人で歩く。夕暮れ時、遠くのほうから豆腐屋さんの声がする。どこかの家からカレーの匂いがしてきて、世界は平和なのだなと思う。家から河川敷までは歩いて三〇分くらいだ。

幼稚園の頃にこの街に引っ越してきて、一〇年以上ずっと、家族と暮らしている。この街は狭くて、息が詰まりそうだ。駅前にあるショッピングセンターが文化の中心で、カッコ悪くて仕方がなかった。ちょうど渋谷系の音楽が流行っていたけれど、私はそれを聞いている子たちも、渋谷系も嫌いだった。だって、茨城に住んでいるのに、渋谷系を聞いているなんてカッコ悪い。歌の中に描かれている綺麗でおしゃれな生活は絵空事で、私の生活と一ミリも繋がっていない。私の生活は味噌汁と、キャベツを醤油と砂糖で炒めたおかずとか、そういうものでできているのだ。ときどき、渋谷に行くけれど、どうしても疲れ切ってしまって馴染めない自分がいた。必死に行きたいお店を回るだけ。その後は一時間も電車に揺られて、畑と田んぼだらけの茨城に帰ってくるのが私の現実だ。

考え事をしているうちに、河川敷についた。土手を登り切ると、眼前に大きな川が見える。日は暗くなりかけて、星が空に瞬いていた。私は河川敷を散策する。ときどき、犬の散歩の人やジョギングの人とすれ違う。人がいないところに行きたいと思い、川の近くのほうへ歩く。胸の中にモヤモヤした黒い気持ちが現れてイライラしてきて、私は川に向かいながら全力で走り出した。息は切れ、喉に鉄の味がする。私は走るのが遅くて、真面目に走っていても、先生から「笑ってんじゃない！　ちゃんと走れ！」と注意されたことがある。足を左右交互に出し、規則的な動きをし続ける。ああ、なんて人生はうまくいかないのだろう。自分の想像通りにいったことなんて一回もない。足がもつれる。息が切れる。私は叫んだ。

「うわあああああああああああああーーーーーーーーー！！！！！！！」

夜空に私の叫びがこだまする。目からは涙がとめどなく溢れて止まらなかった。生まれてきたくなかったと心が叫ぶ。ふとした拍子に露で濡れた草に足を取られ、つるりと転んだ。顔からベシャリと倒れこむ。私はしゃくりあげながら、一人で泣いた。なりたいものがあるのに、やりたいことがあるのに、できないという苦痛はとても大きく、自分の生殺与奪の権すら握っているようだった。

「来週、進路を第三希望まで紙に記入してもらうから、きちんと決めておくように」

と、担任がホームルームで言った。

美大ならいくらでも行きたい学校名が上がるのに、それ以外は全く頭に浮かばない。油絵科に行きたかったが、試験でデッサン以外に油絵も描かなければならないので、無理だなと思っていた。私は油絵を描いたことがない。油絵の道具がどこに売っているのかすら知らなかった。それでも、いろんな芸術家たちが好んで描く油絵を学んでみたかったし、濃厚な色合いは私の好みだった。そんなことは親にも学校の先生にも言えるはずはなく、私は来週、どうしたものかと考えていた。

学校の美術の授業で初めて、石膏デッサンが行われた。私はドキドキしながら鉛筆を動かす。自分の絵になんだか自信が持てなくて、たくさん線を描き込むことができない。何週間かかけて出来上がった私のデッサンは七〇点だった。先生のコメントには「立体の概念がある」と書かれていた。私は低い点数にがっかりして落ち込んでいた。美術の先生が、私以外の生徒のデッサンを絶賛していた。

「みんな、ちゃんと見るんだ。彼女のデッサンはとてもすごいぞ」

本来、褒められるべきなのは私のはずなのにと勝手に悔しくなって、心の中で号泣した。私は絵の才能がないのかもしれない。ただ、あるのは情熱だけだ。けれど、才能がないからといって、好きなものに挑戦してはいけないという道理はない。才能がなくても、私は好きなものに打ち込んで、打ち込んだ結果、ダメだったらダメだという結果を出したかった。アトリエに通うことができず、受験のための準備を一ミリもしていない私は、自分の能力や限界値すらわからない。

美大以外に行きたい大学はなかった。絵を描くことが目的なので、別に専門学校でも良かったのだが、両親からどのみち反対されるのは目に見えていた。両親はきっと絵以外の政治経済だとか教育とか、そういう道なら許してくれるのかもしれないが、全く興味が湧かなかった。私は真面目で頑固なので、自分のやりたくないことを学ぶために大学に行くのは絶対に嫌だったし、「とりあえず」といった感じで、大学で遊ぶために進学を選ぶ輩も好きじゃなかった。大学とは勉強をするところで、専門的な技術を学ぶところだ。そして、学費はとても高い。貴重なお金を支払って、暇つぶしのように進学を選ぶ人を私は軽蔑していた。私の胸には煌々（こうこう）と気高い魂が燃えていたが、それはハタから見たら現実が見えていない理想主義者でしかない。私は学びたいことがない大学に高いお金を払って行くのは無駄という結論を出し、進路の紙には何も書かず提出した。気位の高い私は途方もない阿呆だった。

　しかし、美術の時間にデッサンをやった私は、はたと気がついた。石膏像は学校にもあるじゃないか。学校で練習をすればいいじゃないか。私は美術部に入部した。美術部には幽霊部員しかおらず、全く活動が行われていなかった。放課後、一人で美術室に行って、石膏像を動かす。一番美しいと思える位置の前に椅子を置き、画架を置いて、白い紙の上に鉛筆を滑らせる。時間が経つのも忘れて、一人で熱中して描いていた。いつの間にか日が暮れてきて、夕暮れ時をとっくにすぎていた。そのとき、美術の担任であり、美術部の顧問である教師がガラガラと戸を開けて入ってきた。何かを取りに来たらしい。

ちらりと私のデッサンを見て、一言、
「0点」
と言った。私は喉の奥に、小石がつっかえたようになって何も言えなくなった。全身の血の気が引いたかと思うと、突然、熱を帯びて、体がわなわなと震え出す。「0点」と自分の頭の中で反芻する。何がいけないのか教えてほしい。だってあなたは教師でしょ。顧問でしょ。そんなことを頭の中でぐるぐると考えているうちに、あっという間に教師は去って行った。

私はさっきまで熱中して描いていた自分の絵が突然下手くそに見えて、それをビリビリに破いてゴミ箱に捨てた。後片付けをして美術室を出ると、とっぷりと日が暮れている。一人で自転車置き場に向かい、いつものオンボロな自転車を引き摺り出す。三年間、よく走ってくれたと思う。

重いペダルを漕ぎながら、林を抜けて、田舎道をのろのろと走る。ときおり、ものすごいスピードで車が真横を通り過ぎる。私は自分が車に轢かれることを夢想した。そうなったらどんなにいいだろう。落ち込んだり、悲しくなったりすることは、もうないのだから。しかし、田舎道の車は人をはねることもなく、安全に進んでいく。田んぼしかない道を走っていると、ときどき、虫が顔にバチっと当たる。ここは茨城のど田舎だ。カエルの鳴き声が聞こえる。そろそろ夏がやってくるらしい。

私は将来の進路を決めた。フリーターになろう。私には行く大学がない。とりあえず、バイトをしながら生きていこう。夜空に瞬き始めた星を見つめながら一人でそう決めた。

学校の外で

私は高校生の間はほとんど勉強をせずに、本や漫画ばかり読んでいた。通っている高校のある区域に、大きな図書館があり、そこは自分が住んでいる市の図書館より何倍も設備が充実していた。本だけでなく、映画とCDの貸し出しもあり、蔵書は本だけでなく、漫画もあった。漫画は手塚治虫やつげ義春、白土三平などがあり、地元には古本屋もなく、大きな本屋もないので、それらの漫画に夢中になった。『ガロ』を知ったのもこの頃だったが、田舎にはどこにも売っていないし、ネットもないため、手に入れる術がなかった。ときどき電車に乗って、大きな街の古本屋に行った。大友克洋や岡崎京子の漫画を買った。たまたま手にした大島弓子の漫画を読んで、涙を流した。私はたくさんの作品に出会うことができて幸せだったが、不幸だったのはそれらの作品を語り合う友達がいなかったことだ。

そして、この頃、一つの漫画を熱心に読んでいた。小林よしのりの『ゴーマニズム宣言』である。『週刊ＳＰＡ！』に連載されていた作品で、社会風刺を交えたギャグ漫画は私の心を強く捉えた。大抵の作家が怯えて描かないようなテーマを次々と描き、私は毎週、雑誌を立ち読みしていた。単行本が出ると買い揃え、何回も読み返した。

部落差別や障害者プロレスなどといったテーマが続く中、突然、小林よしのりは「薬害エイズ事件」に取り組み始めた。私はそれを読んで、漫画の中の小林よしのりとともに怒り、悲しんだ。そして、漫画の中に描かれている「ＨＩＶ訴訟を支える会」という会に自分から電話をした。私も何かの役に立ちたいと思ったのだ。電話に出た人は丁寧に対応してくれて、次の集まりがある日を教えてくれた。私は指定された日付と時間を手帳に丸をつけて、その日を待った。

学校が終わって、上りの電車に乗る。会場は区の市民スペースで、そこにはたくさんの人が集まっていた。私より少し上の人たちで、ほとんどが大学生だった。私はおどおどして隅っこにいたが、電話に出た女性が丁寧に話しかけてくれる。そして、これから厚生省に座り込みに行くときのためのプラカードを作ると教えてくれた。私は絵を描くのは得意だから何かできるかもしれないと伝えた。

プラカードに色を塗っている人に話しかけた。ショートヘアで童顔の可愛らしい女性だった。挨拶をすると、にこやかに自己紹介をしてくれる。彼女が住んでいるところは偶然にも私と同じ市だった。私たちはなんだかびっくりして、一緒に笑い出した。こんなところで、近所に住んでいる人に出会うなんて、なんという偶然だろう。私たちはなんだか一瞬で打ち解けた。弾けるように笑い合い、自分たちの住んでいる街の話をした。

「駅前にあるレンタルビデオ屋の名前知ってる？」

「ビデオマウンテンでしょ。知ってるよ〜」

そんなふうにおどけて話し合う。私はクラスの同級生ともこんなふうに打ち解けて話したことがない。気が合わない人とは何回会っても合わないけれど、気が合う人とは一瞬で仲良くなれるのはなぜだろうか。まるで幼馴染のように親しく話し、プラカード作りに勤しんだ。

彼女から、何人か仲間を紹介してもらう。大抵の人たちが、有名な大学の法学部の学生だった。当たり前だが、この問題に取り組んでいるのは、法律と国に対して真摯な態度をとっている人だけだったのだ。私のようにミーハーな気持ちで来ている人はあまりいないようだった。小林よしのりが応援しているからという理由だけで私は来ているのだ。法律も何も私にはほとんどわからない。ただわかっていることは、この薬害エイズ事件は国ぐるみで被害者に健康への害を負わせて、金を貪ったということなのだ。

今思うと、私は若かったのだと思う。このような義侠の気持ちで動けるのは十代だからこそだろう。私は真剣に国に対して怒っていたし、なんとか国を変えたいと願っていた。私にはまだ夢や理想があった。

私と打ち解けて話してくれた彼女は早稲田大学の法学部生で、名前を末広さんと言った。

私より一つ年上の彼女は、優しく、真面目であった。一緒に話し込んでいるうちに時間があれよあれよと過ぎ去り、終電がなくなった。私たちは茨城の田舎に住んでいるので、一番早く終電がなくなるのだ。私はかなり焦ったが、末広さんは、

「私の友達の家に泊まりに行こう」

と提案した。初めて会った人と、初めて会う人の家に泊まりに行く。なんだかそれだけで、すごくスリルがある。そして、なんだか楽しい。末広さんは公衆電話の前に立って手帳を出して、友達の家にかけまくった。私はそれをハラハラしながら見ていた。

「泊めてくれる人がいるよ。男の人だけど、私も泊まるから大丈夫」

そう言って勝利の笑顔を私にくれた。私はホッとしてからすぐに公衆電話から自宅に電話をして、母に「今日は泊まるから」と伝えた。母は渋々オッケーした。

末広さんと二人で笹塚という駅に向かう。私は地下鉄に乗り慣れていなくて、末広さんの後ろを金魚のフンみたいにくっついて行った。全然知らない東京の夜の道を歩いていると、自分がいた世界の小ささが感じられた。田んぼと小さな本屋しかなく、駅前のショッピングセンターが世界の中心だと信じていた。たまに、父と連れ立って有楽町へ映画を観に行ったり、渋谷の有名なお店に行ったりはしていたけど、自分の街のように東京を歩けない。私は末広さんの背中を頼もしく思った。

二人してコンビニで夜食を買う。そんなこともとても新鮮だった。コンビニなんて高い

ので、私はいつもは使わない。ふふふと二人でコンビニの棚を眺めて、おにぎりやサンドイッチをカゴに放り込む。雑誌も少し立ち読みする。とても楽しくてキラキラした時間だった。

二人で、末広さんの友達が住むアパートに向かった。私は一人暮らしのアパートに入るのは塾の先生の家以来で、ドキドキした。小さな部屋には小さな台所とユニットバスがあった。部屋は一つしかなくて、ベッドだけでいっぱいになっていた。末広さんと同じ授業を取っているという男性は、

「びっくりしたよ。何事かと思った」

と言って、驚いた顔で私たちを見た。

「この子は女子高生だから手出しをしないでね」

と末広さんは意地悪そうに言う。そんなことも嬉しかった。

ベッドを貸してくれると言う末広さんの友達に、私は「悪いから」と床に横たわった。末広さんはまだ眠たくないらしく、友達と一緒におしゃべりを始めた。私は心療内科の薬を持っていないので、眠れるかが心配だった。私が横になって目を瞑ると、末広さんが、

「まるで子供みたい」

とカラカラした声で言った。まだ子供の私は、硬い床で不安と安心が混ざった奇妙な気持ちで眠りについた。末広さんと友達の声が子守唄のように響く。私を決して傷つけない

人の横で眠るのはなんて心地いいのだろう。あしたは土曜日。学校はない。初めての場所で私はいつの間にか寝息を立てて、安心して眠りについた。

「ＨＩＶ訴訟を支える会」に関わるようになってから私は毎週末、厚生省に足を運んだ。厚生省に行かない日は、東京の街角で署名運動をした。

渋谷のスクランブル交差点の前に私は立っていた。歩いている人に一生懸命声をかける。

「薬害エイズ事件の被害者のために、署名をお願いします！」

当時、まだ薬害エイズ事件はそんなに有名ではなかった。それでも、街中の人は署名してくれた。私自身、署名運動の人に声をかけられて署名をしたことなんてないのに。

薬害エイズ事件とは、血友病という血液が固まらない病気の患者さんが、アメリカから輸入されたＨＩＶが不活性化されていない血液製剤を使用してＨＩＶに感染してしまったという事件だ。しかし、この血液製剤にＨＩＶが入っていると知りながら、厚生省は販売を許可した。それは、製薬会社と国がお金のために行ったことである。国はエイズを「セックスでうつる病気、同性愛者がかかる病気」といったキャンペーンを張り、ＨＩＶには自分たちの責任で感染するのだという意識を民間人に与えた。

署名運動を終えると、みんなで事務所に行って休憩した。私はＨＩＶ訴訟を支える会（通称「支える会」）の中では一番年下だった。女子高生ということもあって、みんな気にかけてくれたし、優しく話しかけてくれた。そして、末広さんや、一部の人たちと仲良くなった。みんな当たり前のように音楽はフリッパーズ・ギターを聴いていたし、ジャニス・ジョプリンは常識だった。私の学校では両方ともみんな知らなかった。映画の話や漫画の話、いわゆるサブカルチャーの話がたくさんできた。黒澤明や小津安二郎の話ができることは、私にとって喜びだった。

思えば、私はずっとこういった話を誰かとしたかった。私はクラスの人たちがなんの音楽を聴いているのか知らなかったけれど、多分、私が好きなのとは違う音楽を聴いていると思っていた。一度、クラスの中で一番カーストの高い女子が「これ聴く?」と私に向かって、ぽいっとカーディガンズのCDを渡してきた。カーディガンズは流行っているおしゃれな歌手で、正直、どうでも良かった。多分、あの子たちは私がカーディガンズを知らないと思って渡してきたのだと思う。私もそれくらいは察することができる。そのほかのクラスメイトは本気で「B'zが好き」みたいな子たちだった。

私は学校を離れて、違う価値観のところに踏み込んだ。私はこっちの世界では息ができた。自分がみんなと同じ大学生でないことが寂しかった。けれど、私のそういう気持ちを和らげることができるくらいに、みんな気さくで優しかった。

厚生省の周辺を手を繋いで一周するという抗議デモが行われ、私もそれに参加した。薬害エイズの被害者、家族、支える会のみんな、それ以外に、呼びかけて集まったたくさんの人、人、人。私は見知らぬ人と手を繋ぐ。ただ、繋がっているのは「厚生省が許せない」という気持ちだけだった。家で、テレビの前で怒っているだけでは世の中は変わらないのだ。何百人もの人が集まり、街宣カーの上で被害者が訴える。警察官たちは私たちの行動を監視している。私の胸はドキドキと高鳴っていた。学校とは全く違う非現実的な状況に興奮していた。まだ一七歳の私にはとても刺激的な出来事だった。

末広さんとは個人的に親しくなっていった。会合に参加するときは真っ先に末広さんに会いに行ったし、末広さんも駅まで私のことを迎えにきてくれた。当時、ポケベルが流行っていて、みんな友達同士でメッセージを送り合っていたが、私はそんな相手がいなかった。みんな休み時間になると、公衆電話でボタンを叩きながら、友達にメッセージを送っていた。私は対岸で起こっているようなこととしてそれを眺めていたが、私にもポケベルを打つ相手ができた。末広さんと連絡を取るために、数字でひらがなを入力する方法を覚えた。私は学校の友達とは友情を築けなかったが、末広さんとは友情を築けた。二人で会って話すと、いつまでも話が尽きなかった。自分でも、自分の中にこんなに言葉が眠っていると思わなかった。

末広さんを私の家に招待したことがある。日曜日に彼女は私の団地まで来てくれた。私の漫画だらけの部屋に上がって、ジュースを飲みながら、お菓子を食べて、笑いながら語り合う。そのとき、末広さんは私の机の上にあったドストエフスキーの『罪と罰』を見て、た。

「すごいね。私の友達は難しくて読めなかったって言ってたよ」と言った。私は「そんなに難しくないよ」と言いながら、嬉しかった。末広さんは早稲田大学で、法学部なので、とても頭がいい。その人から「すごい」という言葉をもらえたのは私の自尊心をくすぐった。

末広さんと話していると、私の父親が、部屋着のまま、日本酒を片手に私たちの前に現れた。

「いやー、エリコから末広さんのことは聞いていています」

と父は言いながら、酒を注ぎ始めた。私は家で、末広さんがとても面白くていい人だということを話していたのだ。父は酒を注いで、おつまみを持って来て、自分がしたい映画の話をし始めた。相変わらずの父親だったが、末広さんはきちんと父の話を聞いていた。

そして後日、「エリコのお父さんは面白いね」と言った。たしかに、映画の知識や音楽の話などを聞くと、聞いていて飽きない。けれど、父親としての資質があったかどうかはわからない。屈託なく私の父を褒めてくれる末広さんは良い人なのだと思う。頭も良く、人格もしっかりしていて、礼儀正しい。私の父や母は、

「末広さんみたいなすごい人がエリコの友達になってくれるなんてすごい」

と言った。私に対してそれは失礼だと思ったが、怒るのはみっともないのでやめた。

卒業

この頃の私は、だいたいいつも眠たかった。二年生の春頃から通っている心療内科には二週に一度通い続けていた。朝昼晩の薬と寝る前の薬、合わせて一〇錠くらいの薬を一日で服用していた。大抵の向精神薬は飲むと眠たくなる。朝起きてもまだ薬が抜け切っていなくて、頭がぼんやりして、なかなか起きる気になれない。体重は相変わらず増えていて、四七キロから五二キロくらいになっていた。薬を飲んで、憂鬱な気分が晴れたのかと聞かれたらノーだ。死にたい気持ちはずっと続いていて、死に方ばかり考えていた。

当時、『完全自殺マニュアル』が大流行して、私もそれを手にした。クラスメイトが「読む?」と言って渡してきた。単に流行っていたからだったのか、それとも嫌がらせだったのかはわからない。私は本のページをめくるたび、胸が高鳴った。知りたいことが全部書いてあるのだ。自殺について考えるとき、重要なのは致死率が高いこと。そして、なるべく痛くないこと。この二点だけが気になっていた。定番の首吊りから飛び降り、そして、焼死まで載っていて、すべてを網羅していた。そして、一番楽で確実なのは冬山での凍死だと自分は思った。冬山に行くまでの間に死ぬ気持ちが薄れそうだが、それでも、楽に死ねる方法を知れることはありがたかった。

私は小学生の頃から、いつも自分が死ぬことについて想像していた。私が死んだら、誰がお葬式にきてくれるのだろうなどと考えながら放課後を過ごしていた。団地の五階から下を見ると、公園で近所の友達が笑いながら歩いている。私は友達から下に見られていた。近所の友達の誕生日会に呼ばれたことはあるが、私が誕生日会を開いたことは一度もない。近所の子たちと何回か遊んだことはあるけれど、親友のようになることはなかった。一度、急に仲良くなった咲ちゃんという子がいて、ずっと仲良しだったのに、その子は突然私を避けるようになった。しかしまた、遊んでくれて、無視をするときと、遊んでくれるときが交互にやってくるので、私は混乱した。クラスの子に「咲ちゃんはエリコちゃんとは火曜日と木曜日だけ遊ぶって決めたらしいよ」とずいぶん経ってから教えてもらった。私は咲ちゃんに無視をされるようになってから、熱がずっと下がらなくて、フラフラしていた。ストレスが体に出やすい子供だった。

高校生のときは結局、学校で友達ができなかった。中学のときに仲の良かった凛子ちゃんは新しいクラスで新しい友達と仲良くして私と離れた。友達がいなかったが、自分の趣味が良いと信じて、プライドを保っていた。しかし、休み時間にナゴムレコードを聴いている私はただの学校不適応者で、クラスの中では下の下だった。服装こそ、ルーズソックスを穿いて、スカートを膝上にしていたが、どうやってもクラスの中心になど行けないし、行こうともしなかった。

クラスの女子たちは休み時間はトイレに連れ立って行くのだが、それも理解できなかった。トイレに行きたければ、一人で行けばいいじゃないかと私は思うのだけれど、女子たちは集団行動が大好きで、みんな一人になるのを恐れていた。一人でトイレにも行けず、お弁当も食べられない人は、私にとって器の小さな人に見えた。私は孤独に慣れっこになっていて、いつも一人で行動していた。もちろん、ある程度の顔見知りはいるので、たまに一緒に帰ったり、おしゃべりをすることはあるが、表面だけだった。その証拠に私は自分の進路のことを誰にも言っていなかった。当時、私は誰のことも信用していなかったのだと思う。

しかし、そうやって一人でいると、自殺の影は色濃くなってくる。過酷な中学時代、友達のいない高校時代。私は死にたくて、死にたくて、たまらなかった。死ぬことだけが自分を救ってくれると信じていた。『完全自殺マニュアル』を私は書店で購入した。お守りみたいなものだった。この本は当時、大流行するとともに、悪書として社会から糾弾されていた。私の本棚からもいつの間にか消えていた。母の仕業だと察した。

高校三年の一学期の終わりにまた進路指導の紙が配られた。私は白紙で出した。美大に行けないならフリーターになるという思いは変わらなかったし、行きたくない大学に高いお金を出して行きたくないという気持ちもそのままだった。ただ、夏休みにオープンキャンパスに行ってみたいと思ったが、デッサンを一つも学んでいない私が美大のオープンキャンパスに行ったところで、得るものは何もない。クラスメイトたちはオープンキャンパスに行くらしく、甲高い声で、予定を立て合っていた。

私はここにいるのに、私一人を残して、世界は進行している。クラスメイトたちには燦然と輝く未来があったが、私には何もない。

私は相変わらず毎晩、いのちの電話に電話をかけていた。相談員も困っただろうと思う。彼ら、彼女らは私の問題に介入することはできない。私はただ、「死にたい」と訴えるくらいしかできなかった。

死にたい私は現実から逃げるように、支える会の活動に没頭していった。運動をしている人たちといる間だけ、呼吸ができた。私は「厚生省を正す」という目的で活動していたはずなのに、運動の面白さとその人間関係のほうに意識が集中してしまっていて、高校生活という日常を放り出して、運動に没頭していった。

高校三年年の夏休み、私は受験勉強を一切せず、運動ばかりして、東京に足繁く通っていた。あんなに厚生省に行ったのは人生でこのときだけだ。

私は社会を正す前に、自分を正すべきだった。しかし、親との不和、進学先への強烈な反対をどうやって解決したらいいのかわからなかったし、学校の先生にも相談する気にならなかった。私は中学のときに学校の先生という生き物には見切りをつけていた。

自分の人生は自分で切り開かねばならない。それをどうするのかは一七年生きただけの人間には到底わからず、思考の逃げ先として常に自殺だけがあった。

夏休みが終わり、二学期が始まった。夏休みは、通院と支える会と読書やテレビゲームに費やされて終わった。

私はどこで道を間違えたのだろうか。小学生の頃は、宿題でもないのに自ら書き取りを進んでやるくらい真面目だった。夏休みの予定表をきちんと作り、そのとおりに生活し、宿題は七月中に終わらせることを目標にして実行した。私はバカがつくくらい真面目だったのに、中学では学級崩壊を起こす悪童と化し、高校では授業中に教科書を出さないで、本を読んでいた。

私はもしかしたら、不良なのかもしれない。髪の毛を染めたり、タバコを吸ったりするような目に見える不良でなく、可視化できない不良。先生たちも手を焼く問題児。

私は小さい頃からアニメと漫画が好きで、誰かを殴ったり、蹴り飛ばしたりするような子供ではなかったけど、やっぱり良くない子供だったのだと思う。私は重い学生カバンを背負って、伸びる影を眺めながら、とぼとぼと一人で帰宅した。

二学期の進路指導でも私は進路を白紙で出した。しかし、三者面談が行われたとき、担任は私に言った。

「四大くらい行ったらどうだ」

担任が何を思ってこう言ったのかはわからない。ただ、私にとっては担任の思いやりも悪意にしかとれなかった。美大には行けないし、それ以外の大学に行く気は毛頭ない。それに、学校と名がつくところに、もう行きたくないという思いもあった。私はずっとずっと学校が嫌いだった。尾崎豊は嫌いだが、学校の窓ガラスを割りたくなる気持ちは痛いほどわかる。

私は押し黙っていたが、母が口を開いた。

「そうよ、エリちゃん、大学に行ったらどう?」

私は、「どの口が言っているんだ」と憎しみの気持ちで母を見た。

帰宅してから、父と母と兄とで、私を取り囲んで進路の話を始めた。三人とも、「大学へ行け」と言いだした。私は行きたい大学があった。けれど、反対したのはあなたたちだ。それをいまさら何を言うのだ。心の中で罵った。

兄は工業高校を卒業して、建築の専門学校に通っていた。建築という特殊な職業を目指す兄と、美術をやりたい私の差異がわからない。なぜ、建築の専門学校への進路は許されて、美大は許されないのだろう。

兄の部屋には立派な製図板があって、とても高かったと母が教えてくれた。兄が学校の授業で描いた建築物の絵が家の中に飾られているのを見るたびに、私は嫌な気持ちになった。親が私の絵を飾ってくれたことなんて一度もないのに、兄の作品だけは飾ることに対してイラついていた。兄がやりたいことをやらせてもらえるのは男だからなのか、建築という仕事に将来性があるからなのだろうか。それとも両方なのか。

兄は、

「俺は頭が悪くて、大学に行けなかった。お前は頭がいいんだから、大学に行けるなら、いけよ」

と私に言ってきた。私は、自分の人生と妹の人生を関連づける兄が気に入らなくて、イライラして、ベリーショートの髪の毛をクシャクシャといじった。

家族が私の人生を今まさに決めようとしている。そもそも、美大を反対した親が悪く、ここまで何もしてこなかったのは自分のせいではないと信じていた。私は結局、アトリエには一度も行けなかった。もしかしたら、伸ばせば伸びたかもしれない絵の才能はあっけなく潰された。

美大に行けば、自分と同じような境遇の友達ができるのではないかという期待もしていた。絵を描く人は私と同じように漫画やアニメが好きだと思ったからだ。けれど、美大にいける可能性はもうない。絵の専門学校という手もあるが、この状況でそんなことを言えるはずもなかった。家族が指し示すのは、美大以外の大学へ行けという未来なのだ。私は絵に対する未練をずるずる引きずったまま、家族に押し切られて、大学に進むことを了承した。

秋はもう深まっていた。今から受験勉強をして間に合うのかという時期だった。私は急いで、大学案内を開いた。四大でなく、短大を選んだのは、学校と名がつくところに一年でも長く居たくなかったからだ。このときばかりは自分が女であることに安堵した。

私は受験勉強をしたくなかったので、推薦の枠がある短大を選んだ。私が余裕で入れる短大でなければダメだ。大学案内を見ていると、高校よりも学問の幅が広いことに気づかされた。「心理学って面白そうだな」と興味が出たが、今の私にはとても行けるところではないし、こんな短期間で行く学部を決めるのは心もとない気がした。

私は国語の成績が良いので、国文科を選んだ。東京の短大の国文科で、推薦枠があるところを調べる。見つけた短大を国語の教師に伝えると、「あなたの成績なら余裕で受かる」と言われた。

推薦にも入学試験がある。私の試験は、朗読と面接だけだった。小学生のときに、学年で四人しか選ばれない朗読会でいつも朗読をしていたので自信があった。

面接は、支える会の末広さんに手伝ってもらった。自己紹介文を末広さんと一緒に考える。末広さんは早稲田大学の学生だけあって、上手な文章をスラスラと考えてくれた。末広さんが考えた文には「ＨＩＶ訴訟を支える会でボランティアをしています」の一文があった。私は「これって、書いても大丈夫なのかな？　いい印象になる？」と末広さんに尋ねた。「大丈夫だよ、だっていいことだもん」と末広さんはニコッと笑った。私はそう言われて、自信が出てきた。私は他の子たちとはちょっと違う、絶対に受かると信じて疑わなかった。面接も、朗読の練習も何回も行った。

推薦の面接当日、私は新宿から少し外れた私鉄の駅で降りた。短大に向かう途中、同じように制服を着ている子たちとすれ違う。ハラハラしながら短大の門をくぐる。廊下で自分の順番を待ちながら、質疑応答を頭の中でシミュレーションする。カバンの中には末広さんがくれた湯島天神のお守りがあった。

しばらく縮こまっていると、名前を呼ばれた。私はよく通る声で、「はい！」と答えた。ドアをガラリと開けて、一歩踏み入る。五十代くらいの男性教諭が三人並んでいた。私は名前と学校名を言ってから、大好きな宮沢賢治の「月夜のでんしんばしら」という作品の朗読を始めた。ゆっくりと大きな声で、私の朗読は教室に響いた。一度もつっかえることなく、スムーズに読むことができた。

そして、質疑応答が始まる。質問に対して、ハキハキと元気良く、落ち着いて答える。

最後に面接官が言った。

「ＨＩＶ訴訟を支える会というのはなんですか？」

私は「来ました！」とばかりに事件の詳細をこと細かに説明し、自分が厚生省の前で座り込みをしたことや、署名運動を行っていることを話した。

面接が終わって廊下に出た瞬間、会場の教室が激しくざわついた。私は、「きっとすごい優秀な子が来たと思ってざわついているのだ」などと満足げに思った。

試験から一週間後、学校に通知が届いた。私は推薦で受けた短大に落ちた。国語の教師ですら、

「なんで落ちたのかしら。絶対に受かると思ったけど」

と、首を傾げた。私の両親は、

「運動なんてやっていると言ったからだ」

と口々に怒鳴った。私は、そんなことはないと思っていたが、落ちた理由ははっきりとわからない。けれど、親や面接官の世代は運動というものに対して、良い印象を持っていない。彼らの年代は全共闘と言われる世代で、本気で大学や国と戦っていたが、それは黒い歴史として閉ざされている。私はもしかしたら、言ってはいけないことを言ったのかもしれない。そんなことを考えていたが、反省をする暇もなく、私は一般入試を受けなければならなくなり、イヤイヤながら教科書と参考書を開いた。

二学期後半、私は血ヘドを吐くように勉強した。学校の休み時間も参考書を開き、家に帰ったら夜遅くまで勉強した。そして、自分が全く勉強をしてこなかったことをひどく後悔した。英語は途中で放り投げてしまったので、ついていくことができなかった。社会は暗記すればなんとかなるが、量が膨大すぎる。文系の私大とはいえ、最低でも三教科は受けなければならない。

私はアトリエに行くのを強く反対されてから、親に何かしたいからお金を出してくれと言えなくなってしまっていた。

子供の頃から家計のことは心配していた。習い事や塾にも頻繁に通わせてもらえなかった私は、学校でも英検や漢検などの資格の類を一切受けなかった。受験料がかかるからである。

小学校のときに、お裁縫箱がお菓子の空き缶だった私は、自分の存在をあってはならないものと感じていた。自分がいなければ、家族が余裕を持って暮らせるのではないか。日々、親に文房具代や教科書代をせびるのが苦痛になっていた。金、金、金。教育には金がかかり、それを惜しみなく出せる親の子供は希望の大学にいけるのだ。

しかし、自分一人では勉強するのに限界がある。私は末広さんに良い塾がないか聞いてみた。オススメの塾の名前を暗記して、おそるおそる母に尋ねてみた。私はとても怖かった。「そんなものに出すお金などあるわけない。うちにはそんなお金があると思っているのか」。アトリエに行かせてくれとせがんだときの光景が目に浮かぶ。しかし母は、

「良いわよ。行ったほうがいいでしょ」

とお金を出してくれることを了解した。

私は力が抜けそうになった。あんなにアトリエは反対したのに、塾ならいいのか。私のやりたいことには一円も出さないけれど、親が希望する学校にならホイホイとお金が出せるのだ。

私は悲しい気持ちで、塾へ行くお金をもらった。親が私のやりたいことを反対しているという事実がふたたび、体の中で沸騰していた。それは自分が親に愛されていないという強い思いを私にもたらした。


塾に通い始めたが、全くついていけなかった。勧められた塾は現役合格を掲げた進学塾で、私みたいな落ちこぼれはほかにいなかった。

塾のホワイトボードに書かれている言葉がわからない。何がわからないのか、わからない。勇気を出して講師に質問しても理解ができないという有様だった。私は自分の頭が悪いということを嫌というほど知った。

恥ずかしく、情けない塾通いは一ヶ月でやめた。通い続けても意味がないと悟ったから

だ。

私は「余裕で入れる短大」に推薦で落ちた。それは自分の自信を根こそぎ奪った。だから、希望する短大はどこも頭が悪いところばかり選んだ。それでも、多少は学力をばらけさせたが、一番上でも偏差値が五〇に届かないくらいだった。正直、私はどこでもいいから受かりさえすれば良かった。親を納得させるためだけの進学なのだ。

私は週末に末広さんの家に行って、勉強を教えてもらった。彼女は教えるのがうまかった。家庭教師をやっているが、教えるのがうますぎて生徒の学力がすぐに上がってしまい、解雇されてしまうのが悩みだと言っていた。平日の夜には電話をかけながら、勉強を教えてもらった。私のようなバカに付き合ってくれた末広さんには感謝しかない。

私は受験勉強をしながら、心療内科への通院も続けていた。薬を飲みながらの受験勉強。精神が壊れているのに、ますますおかしくなりそうだった。通学の電車の中で、英単語帳をめくりながら、余計なことは考えないようにした。絵を描くのはやめ、絵のことを考えるのもやめた。たくさんの英単語と漢字と文法、もろもろを叩き込み、ストイックなまでに受験勉強に打ち込んだ。

短大は全部で五校受けた。受けすぎだと思ったが、落ちるのが怖かった。浪人だけは避けたかった。目標の大学のためなら何浪してもいいけれど、一ミリも行きたくない大学のために時間を費やす気になれなかったのだ。これ以上、下の短大はないという評判のところと、推薦で受けた短大、それと、そこそこの短大を三校受けた。

近所でも評判の頭が悪い短大の試験は驚くほど簡単だった。推薦で受けた短大は受験科目が国語の一教科のみというもので、テストもべらぼうに簡単だった。正直、全問正解できたと思った。推薦で落ちた短大があまりにもレベルが低いことにショックを受けていた。やはり面接に問題があったのだろうか。

五校受け終わって、結果通知がきた。私を推薦で落とした短大以外はすべて受かった。なぜこの短大は私を最後まで落とすのか、私はよくわからなかった。

しかし、補欠合格の通知が後日届くとあった。推薦で落ちた短大よりも上の学力の短大に受かっていたのだが、一応、補欠合格の通知を待っていた。ただなんとなく、推薦で受けたからには入らなければいけない気がしていたのだ。処女の女の子が初めての相手とは結婚しなきゃいけないと思うような、そういうものだった。

私は受験が終わってから、また、支える会の活動を始めていた。街宣カーの上でしゃべる私の映像が全国のニュースで流れた。

ある大きな集会の日がちょうど、推薦で落ちた短大の補欠合格の日だった。私は補欠合格の知らせを家ではなく、厚生省の前で受けた。夜の九時頃、家に電話して、母から聞いた。その日は、厚生省がＨＩＶ訴訟の原告団に謝罪した日で、歴史的な日になった。夜九時をすぎても光を放ち続ける霞が関のビル。きっと、明日からの対応を検討しているのだろう。

支える会のメンバーはみんな泣いていた。ずっと運動をしてきてようやく勝ち取ったのだ。しかし、私は泣けなかった。呆然と立ち尽くしていた。これから運動はどうするのだろうか。もうやらなくていいのだろうか。ずっと運動をしてきて、同じ目標に突き進んできたので、それが突然終わってしまうと、ポーンと放り出された気持ちになった。

次の日のニュースは朝から薬害エイズの事件一色だった。厚生省が謝罪した途端にメディアは国の悪事を電波に乗せた。今までだってメディアはこの事件を知っていたはずなのに、少しもニュースで事件の全容を伝えてこなかった。厚生省の謝罪というお墨付きをもらったからだが、その掌の返しようが私はなんだか気持ち悪かった。

私は自分の人生を自分で生きた気持ちが全くしなかった。人から押し付けられ、勧められたものだけをイヤイヤながら口にしてきた。短大に受かっても少しも嬉しくなかった。あんなに勉強したのだから、少しは嬉しいのかと思ったら、全く嬉しくなくて、自分自身にびっくりした。受験したのが、美大だったら違う感想が出たのだろう。落ちれば悔しくて涙を流し、受かれば歓喜の声をあげたはずだ。私は何も言葉を発せなかった。

私は受験が終わったので、ピアスを開けに行った。学校ではもちろんピアスは禁止だが、卒業が決まっているのだから関係ない。私が開けたピアスを見て、クラスメイトは笑った。私は笑われても全然傷つかなかった。私の心の平静を保っていたのは、あんたたちと私は違うという選民意識と、あんたたちとはもうお別れなのだという事実だった。これからはお弁当を無理して一緒に食べなくてもいいし、トイレに誘われることもない。

前に、美術の授業で石膏デッサンを褒められていた子は美大に進学が決まったという話を小耳に挟んだ。その子に私は憎しみと羨望の気持ちを持った。私の学校からでも、美大に行く子はいる。そして、それは私ではない。その子の姿を見るたびにひどく落ち込んだ。

卒業式、体育館で先生の祝辞を聞く。やっと終わったという気持ちで安堵していた。つまらない高校だったとしか感想が出てこない。

卒業式が終わった後のクラスの打ち上げに誘われた。クラスメイトたちと個人的にどこかに行くことがなかったが、最後だからとついて行った。個人経営のお好み焼き屋さんで、みんなは思い思いに食べたり飲んだりしていた。

一人、サワーを飲んだ子が私に近寄ってきて、ニヤニヤ笑いながら「楽しんでる?」と言ってきた。それとなく、言葉を交わす。私は特に誰とも親しくなっていなかったので、私に話しかけてくる人はほかにいなかった。コーラを飲んで、お好み焼きを箸で崩しながら、みんな、この場にいて楽しいのだろうかと考えていた。

ふと、支える会のことを思い出す。支える会のメンバーとおしゃべりをするのは楽しかった。自分が悪かったのかもしれないけれど、高校では誰にも心を開かなかった。そして、高校ではいじめられないで済んだ。それは、本当にありがたかった。

第二部

生きながら十代に葬られ

人との出会い

高校卒業後、短大の国文科に進学した。短大では何人かの友達ができて、クラブやライブに行って楽しく遊んだ。早稲田大学の美術サークルに入り、いくつかの作品を作った。美大に行けなかった私は、どうやって絵で食べていくことができるのかさっぱりわからないままで、結局、卒業後は就職をすることにした。しかし、世の中は就職氷河期と言われる時代が到来し、私はどこの会社にも就職できなかった。

しばらく実家で過ごしていたが、上京して職を探し、編集プロダクションに入ることができた。しかし、その会社は社会保険もなく、残業代もつかず、手取り一二万円という悪質な会社であった。私は食べるものにも困る生活を送り、スーパーで万引きするまで追い詰められ、最終的に自殺を図った。その後、精神病院に入院して、退院後、実家に戻って母と暮らし始めた。

復職しようと面接を受けるがどこも受からなく、せめて病気を治そうと思い、真面目に通院と服薬をするが、一向に病気は良くならない。私はだんだんと弱っていった。孤独という病魔に侵された私は、精神的に荒れることが多くなり、母を殴ったり、学生時代の友達とも喧嘩をしてしまい、私の周りから人が去っていった。

精神病院から退院して、真っ黒な顔と体の女性が白いヴェールをかぶりこちらをじっと見ている絵を描いた。母はそれを見て一言、「怖い」と言った。私はそれから絵を描くのをピタリとやめて、何年もかけて集めた絵の道具をすべて押し入れにしまいこんだ。

そもそも、私は絵を描き続けたいと考えたからダメになったのだ。美大に行きたい、絵の勉強をしたい、そう考えて行動してきたのが間違いだったのだ。絵をやりたいと願いさえしなければ、もう少しマシな人生になっていたかもしれない。私は次第に絵を憎むようになった。絵を描きたいと思わなければ良かった。私の人生は絵によって潰されたのだ。

茨城の実家にいる間、就活をしたりバイトの面接を受けていたのだが、どこにも採用されなかった。私は自分が社会から必要とされていないことが悲しくて仕方がなかった。それでもときどき、友達と遊んだりしていて、編プロ時代の友人と中野のタコシェに行った。自費出版物などを扱っているお店で、友達がフリーペーパーを置きに行くというので付き合ったのだ。私はその姿を見ながら、「いいな」と思った。何かを発信する友達の姿は輝いて見えた。

「フリーペーパーって、作ったらお店の人に渡すだけで置いてもらえるの？」

「中身を確認はするけど、断られることはあまりないよ」

その言葉を聞いて、私もフリーペーパーを作ってみようと思い立った。お金はないけれど、時間ならたくさんあった。

家に帰ってから、パソコンを立ち上げる。タイトルは何にしよう。自分が精神病だから、『精神病新聞』でいいや。簡単にタイトルを決めると中身を書き始める。どうでもいい、くだらない笑えるものにしたい。そう思って、最近行った及川光博のライブレポートを馬鹿げた文章で書いた。学校で作文を書いたことはあるけれど、自分の意思で何かを書くのは初めてだった。それに、私は人生で一度も文章を褒められたことがない。そんな私の文章が面白いのかどうかわからないが、とりあえず何かをすることが大事なのだ。

書いた文章をプリントアウトして、Ｂ５サイズの紙に貼り付けて、余ったところに及川光博の似顔絵を描いた。白い紙だと手に取ってもらえないかもと思い、わざわざ画材屋さんでカラーの紙を買ってコピーした。それを中野のタコシェと新宿の模索舎に置きに行った。なんだか少し自分が何者かになれた気がした。

私は月刊で出すことを念頭に置いていたので、次の月もフリーペーパーを作って持っていった。今回は前回の二倍の量にして、精神病院に入院していたことを書いた。店員さんから、

「これ、面白いですね。次の号も持ってきてください」

と言われて誇らしかった。社会で必要のない人間とされている私が初めて必要とされた。私はフリーペーパー作りに夢中になった。パソコンを立ち上げてキーボードに触れると自分が語りたいことが山ほどあるのに気がつく。あんなこともあった、こんなこともあった。私はこう思っている。自分の思考を書き出していくことは楽しかった。

文字ばかりでは紙面が面白くないので、余ったところに自分で絵を描いた。テーマに沿った内容のイラストをちょこっと描いた。下描きもせず、なんの力も入れないで描いた絵は下手くそだったが、何もないよりかは紙面が華やかになった。多少は絵が描けて良かったなと思った。

根が真面目な私は、ひと月も落とさずに、フリーペーパーを書き続けた。半年ほど経って、自分もお店に並んでいるのと同じような自費出版のミニコミを作ってみたくなり、作成し始めた。

友達で一人だけ、ミニコミを作っている人がいたので、印刷所の名前と電話番号を教えてもらって、直接電話して、原稿の作り方を聞いた。きちんとしたレイアウトをするソフトを持っていないので、どうしたらいいのか印刷所の人に尋ねたら、プリントアウトしたものを漫画の原稿用紙に貼ればいいと教えてくれた。

私は原稿を書いて、文章をいちいちプリントアウトしてから、漫画の原稿用紙に丁寧に貼った。そして、余った場所には手描きでイラストを添えた。元編集者とはいえ、社員だった頃と勝手が違うので、試行錯誤しながらの制作だった。

表紙をどうしようか悩んだのだが、いい案が思いつかなくて、筆ペンで大きく「精神病の本」と書いた。インパクト重視の表紙だ。ミニコミはなんだかんだ言っても、素人の自費制作だから、そんなに売れるものではない。お店の人には「結構売れてますよ！」と言われたけれど、あまり売れている気がしなかった。

それでもすることがないので、コツコツとフリーペーパーを一年ほど書き続けたら、取材の依頼が来た。私が当時愛読していた『Quick Japan』という雑誌に記事を書いているライターの人からだった。その記事の読者層とタコシェや模索舎に来るお客さんの客層が被っていたせいか、私のフリーペーパーは一気に有名になった。ミニコミの発注がたくさん来て、私は嬉しい悲鳴をあげた。フリーペーパーをまとめたミニコミを作ったら飛ぶように売れて、制作費よりも収入のほうが上回った。なんだか信じられなかった。

売れるようになると自然に取材の依頼が増えてきて、いろんな雑誌や新聞で紹介された。私は仕事に就けなかったが、コツコツと文章を書き続けた。プロではないし、高いお金がもらえるわけではないが、読まれているという事実が嬉しかった。キーボードを叩いているとき、私は仕事をしているような気になった。

しかし、実際の私は無職であった。年齢は三〇歳を迎えようとしていた。

実家の居間でビデオデッキにジャニス・ジョプリンのライブビデオを挿入する。私はこの頃、ジャニスのライブビデオを何回も観ていた。そして、観ながら一緒に歌った。
「ねえ、なぜだか教えて。なんですべてはうまくいかなくなるの？」
ジャニスの叫びは私の叫びだった。ああ、本当に何もかもうまくいかない。二〇歳を過ぎてもまだ私は、うつむいて暗い顔をしていた十代のままだ。過去の思い出が鎖の足かせみたいな感触で残っている。

ジャニスは二七歳で死んだ。だから、私も二七歳で死のうと思った。仕事に就けない上に、愛してくれる人もいない私の人生。このままこの世から消えても世界は痛くも痒くもない。私は二十代のうちに再度自殺を図った。しかし、死ねなかった。二七歳を過ぎても生き延びてしまって、それは私を悲しませた。

精神病院への入退院と通院だけの日々を繰り返し、その後、医療者の勧めもあって実家を出た。三〇歳の春だった。その後、生活保護を受けることになる。粛々と終焉（しゅうえん）を感じさせる私の人生。私の人生にはバラのような日々も、シャンパンの泡のような弾ける喜びもない。

昔の友達は結婚したり、仕事をしたりして、私とは違う人生を歩んでいた。三年間ほど、生活保護を受けていたが、自力でなんとか仕事を見つけ出して、私は働き始めた。給料は高いとは言えないが、稼げるようになって生活保護から抜け出した。私はやっと息ができるようになった。

毎日仕事に行き、休日は友達と会って遊ぶ。三〇歳を過ぎてそんな当たり前の日々をようやく手に入れた。私はお金がなかったけど、幸せだった。実家にいた二十代の頃を思うと、とても成長したと思う。

ある日、ツイッターで坂本さんという人にフォローされた。私はフォローをされても、知り合いとかでないとフォローを返さないのだけれど、気になって坂本さんを検索してみたら、たくさんの絵が出てきた。

どうやら坂本さんは絵を描いているらしく、ギャラリーで個展を開催したり、合同展をやったりしていた。ホテルの内装を手がけたりもしていて、界隈ではちょっと有名な人みたいだった。

私は坂本さんをフォローした。ある日友人と話していたら、彼女は坂本さんと知り合いで、坂本さんはエリコのファンなんだよと教えてくれたので、思い切ってダイレクト・メッセージを送った。やりとりをしているうちに会うことになり、一緒に焼肉を食べに行くことになった。

民家を改造した焼肉屋さんで、坂本さんと向かい合う。坂本さんは挨拶をすると、私にプレゼントをくれた。キキララのぬいぐるみと、埼玉のゆるキャラ「コバトン」のぬいぐるみだ。初対面の人間へのプレゼントにしてはチョイスがかなりおかしいのだが、面白いなと思ってありがたく受け取った。

お酒を頼み、飲みながら肉を焼く。坂本さんはいかに私のミニコミが面白いかを語り始めた。私は嬉しい気持ちでその話に耳を傾けた。おもむろに、坂本さんはバッグからスケッチブックを出して私に渡してきた。

「絵を描いてください」

私はびっくりした。「サインしてください」ならわかるけど、なぜ絵なのだろう。私は十代のとき、真剣に絵を志していた。しかし、それが元で人生を失敗したと恥じて、絵を描いてきた過去は封印した。ミニコミにも「美大を目指して真剣に絵を描いていた」ということは書いていなかったと思う。だから、私が絵を描いていたことを坂本さんは絶対に知るはずはないのに、どうして絵が描けると思ったのだろうか。

私は少し悩んだが、断るのもおかしいので、サラサラと女の人の絵を描いた。

「サインもください」

坂本さんの言葉に促されてサインもする。サインなんてあんまりしたことがないので、なんだか気恥ずかしい。

「もっと描いてもらえませんか？」

坂本さんはさらに続けた。よくわからないけど、私はさらに絵を描いた。ウサギの絵、猫の絵。何かの心理テストのつもりだろうか。

「なんで絵を描かせるの？」

私はペンを置いて、坂本さんの顔を覗き込む。坂本さんは持っていた私のミニコミを取り出して、隅に描かれたイラストを指差した。隙間を埋めるために描いた、私の小さな落書きだ。女の子が立って、隣には猫が座っている。

「ここのこれ！　天才じゃないですか！」

坂本さんは突然力んで声を荒らげた。天才？　私が？　私はびっくりした。こんな下描きもせずに描いた、適当な落書き、ただの隙間を埋めるためだけだったのに、ここに着目する人がいたのか。私は発信することの大切さを改めて知った。


私がミニコミを発行したのは「友達が欲しい」というシンプルな思いからだった。東京のお店に置かれたそのミニコミはいろんな人が買っていく。サラリーマンだったり、編集者だったり、作家だったり。普通に生活していたら絶対に会うことのない人たちが私に興味を持ってくれる。私はいつの間にか、自分に関心を持ってくれるたくさんの人に囲まれていた。

私は、自分が語れば自分の味方が増えるということをやっと知った。もしかしたら、十代のとき、自分のことをあまり語っていなかったかもしれない。高校生のときは中学のいじめが原因で、クラスメイトに心を完全に閉ざしていた。心を開いたら裏切られると思っていたのだ。もしかしたら、あの高校にも私の味方がどこかにいたのかもしれない。もちろん、今となってはどうすることもできないが、私は人を信じる力を失っていたと思う。

「僕は小林さんの絵を搾取します」

坂本さんはそう言うと、バッグから真新しいスケッチブックを出して私に渡してきた。

「これに絵を描いてください。そして僕にください」

私は驚いてしまって声が出ない。なぜ、この人は私が一番大切にしているものが絵だとわかったのだろうか。私は自分の心の中を覗かれている感じがした。そしてそれは不愉快ではなかった。むしろ、よく覗き込んでくれたと思う。本当は誰かに知ってほしくてたまらなかった本当の気持ち。それを坂本さんは初めて見つけてくれたのだ。

学生時代、絵を描くことを断念したのは、私を応援してくれる人がいなかったからだった。親も教師も私が絵を描くことに対して否定的だったし、絵の才能を伸ばそうということもしてくれなかった。

思えば、学生の頃はとても狭い世界に私は住んでいた。家と学校だけが自分の世界のすべてで、そこだけで世界が完結していた。私はその世界がすべてだと思っていたけれど、本当は世界というのはもっと広い。学校という場所を抜ければ坂本さんのように私の絵を認めてくれる人がいるのだ。

坂本さんは絵を系統的に学んでいない。彼の絵はアール・ブリュット（美術教育を受けていない作者が生み出した絵画や造形）と呼ばれるものに当たるかもしれない。学校ではそんな絵画は良きものとして評価されないだろう。そして、私の絵も、坂本さんと同じようにきちんと絵を学んだ人の絵ではない。しかし、そういった絵が評価される世界がある。そして、坂本さんはその世界で評価されていた。

そんな私の想いを知ってか知らずか、坂本さんは網の上に肉を置き、焼けた肉にかぶりついて、白米を食べている。目の前の男の人がなんだかとても素敵に見えた。乾いた砂漠でオアシスを見つけたようなそんな気持ちだ。

代金を払って店を出ると、坂本さんは私にビニール袋を渡してきた。

「ここのお店のお餅、すごく美味しいんです」

ずっこけそうになってしまう。初対面の人間にお餅を渡す人なんてあんまりいない。しかもつきたてのお餅だったらしくて、夜になった今では、パックの中でベシャッとしてしまっている。

坂本さんは多分、相当変人だと思う。しかし、私は変な人が好きだ。普通の服を着て、普通の音楽を聴いている人よりも、深い何かを持っているに違いないと私は確信した。坂本さんのことがもっと知りたくなっている自分に気がつく。バイバイと手を振りながら、次も会おうと心に決めた。

何か映画を観に行きたいと思い、ネットでいろいろ調べていたら、『きっと、うまくいく』というインド映画が目に留まった。私は短大生の頃にインドに旅行に行って以来、インドが大好きで、インド映画も大好きだった。評判を調べると、かなり良い映画らしい。映画を観るときはいつも一人なのだけれど、知り合ったばかりの坂本さんと行きたいなと思って、ツイッターでメッセージを送る。坂本さんは「是非一緒に行きましょう」と返事をくれた。

仕事が終わって東京に出る。坂本さんと待ち合わせをして、一緒に映画館に向かう。インド映画なんてちょっとマイナーだと思うのだけれど、坂本さんは特に気にしていないようだった。

映画館の照明が落ち、暗闇が広がる。男の人と二人きりで映画館に来たのは、父と来て以来だなとふと思った。

『きっと、うまくいく』はインドの学歴社会を描いた作品で、まるで他人事と思えない内容だった。学校生活の重圧で自殺する生徒や、親のために夢を諦めた息子。お金がなくて、学校に通い続けられない人。特に、親の希望で写真家になる夢を諦めた息子の話になったとき、私は目から涙がポロポロとこぼれ落ちた。自分のやりたいことを親が理解してくれないというエピソードは私の胸にグサリと刺さった。

とても素晴らしい映画で、観終わった後、私は涙と鼻水でぐしゃぐしゃの顔をしていた。帰り道、私は坂本さんの存在がどうでも良くなって、泣きながら歩いていた。坂本さんはオロオロと私の後を歩き、「あの喫茶店で休みましょう！」と言って私の手を引いて、連れていってくれた。

私は古びた喫茶店で坂本さんと向かい合いながら、観てきたばかりの映画の感想を述べた。坂本さんは「映画館を出た後の小林さん、盗撮しておけば良かったな」とポツリと言った。

後から知ったのだが、坂本さんは初めて会ったとき、私のことをずっと盗撮していたそうだ。それくらいファンだということらしいのだが、少し怖さも感じる。そういえば以前、友達が主催したイベントに出演したときに、私のことをこっそり写真に撮りまくっている男性がいると、友達が教えてくれたことがある。「エリコさん、気をつけて！」と友達に心配されたのだが、それは坂本さんだったのだろう。私は自分のストーカーである坂本さんと急速に仲良くなっていった。

私の心の中に新しい感情が湧き出ていた。それは坂本さんのことが好きだという気持ちだった。時間があれば坂本さんのことを考えるようになり、その時間が長くなるほど、彼にとって特別な人間になりたいと願うようになった。そして、坂本さんを好きになってから落ち着きがなくなり、どうしても気持ちを伝えたくなった。

初めて会ってから二週間後、私は坂本さんに告白した。坂本さんはとても驚いていたが、「あなたの病気が悪くならないのなら」と言ってくれた。「小林さんに必要なのは心の安寧だと思います」とも言った。こうして私は坂本さんと付き合うことになった。

クライ・ベイビー

お付き合いをして初めてのデートは六本木の森美術館だった。LOVE展と銘打った展示では、各界のアーティストたちが「愛」をテーマにして作品を発表していた。

「あ、知り合いの作品だ」

そう言いながら坂本さんは巨大なコラージュ作品の前に立っていた。私は美術館で展示をする知り合いがいるなんてすごいなと坂本さんを少し尊敬した。

初音ミクをモチーフにした作品もあって、そのせいか、喫茶店では初音ミクをイメージした食事が提供されていた。オタクである私たち二人はたいそう喜んで、初音ミクのピタパンなんかを頼んだ。席に着いて坂本さんが来るのを待っていると、「どうぞ」と言って、「メルト」というカクテルをおごってくれた。「メルト」は初音ミクの曲の中ではとてもピュアな愛の歌だ。私は関係があるのかな、ないのかな、などと思いながら「メルト」を飲んだ。坂本さんは「ツインテール」というノンアルコールカクテルを啜(すす)っていた。もう三十代半ばになる二人にはそんな飲み物が似合わないのだけれど、そのちぐはぐさが可笑しくて私は嬉しかった。

一日かけてＬＯＶＥ展を観て、物販でお揃いの缶バッジを買った。もう夕方で、坂本さんは私を駅の改札まで送ってくれた。彼氏に駅まで送ってもらうのは初めてのことだった。

大人になってからできた彼氏は、みんな私のことが好きではなかった。最初の彼氏も、次の彼氏も、一番好きなのは自分自身で、私のことは自分を快適にするための道具のように扱っていた。ひどいことを言われたり、ひどいことをされたりしても、なかなか別れられなかったし、別れさせてもらえなかったりした。

私は告白されると、とりあえず付き合ってしまう。なぜかというと、「こんな私に告白してくれるのなら、断るのは失礼ではないのか」という思考が働くからだ。しかし、自分に告白をしてくる人はおおむね体が目当てだったと思う。私は無料の風俗として機能していたし、男の生活をケアする役目を担っていた。相手の家の掃除をしたり、料理をしたり、機嫌を伺ってビクビク過ごしていた。

出かけるとひっきりなしにメールや電話が来て、心の休まる暇がなかった。ちょっとしたことがきっかけで、大声で怒鳴り合ったりしたし、私が友達と外でファミレスに行ったという理由で首を絞められたこともある。

私が私のことを大事にしてくれない人と付き合ってしまうのは、十代の頃の出来事が影響していると思う。あの頃、私は徹底的に自分という人間を否定していた。私には愛されるべき資格などなく、幸せな生活を送れるはずがないと思い込んでいた。不幸に慣れてしまった私の体は、不幸から抜け出す力を私から奪い去った。けれど、それからずいぶん経って、私はやっと自分の意思で好きな人を選ぶことができた。私はようやく自分で幸せを掴もうとし始めている。

次のデートは池袋だった。二人でミルキーウェイという喫茶店に向かう。ここのお店は星座にちなんだパフェがあるし、食器もレトロで可愛いのだ。

席について、パフェを注文すると、坂本さんはおもむろにバッグの中から大量の薄い本を出してきた。同人誌即売会によく出展している彼は、そこで大量の同人誌を買っていて、その中から面白いものを私に読んでもらいたいようだった。

「エリコさんも好きだと思うので」

持ってきた同人誌の数は尋常じゃなく、三〇冊以上はあった。多分、坂本さんは私に自分のことを理解してもらいたいんだと思う。自分が読んでいる本を読んでほしいというのは、自分の思想を知ってほしいということだ。

私は礼を言ってバッグに同人誌をしまった。ずっしりと重くなる私のバッグ。坂本さんは私が重い荷物を持っていることに何も感じていないみたいだった。ちょっと持ってくれたらいいのになと思ったが何も言えなかった。

多分、彼は女性との付き合いに慣れていないのだと思う。後で聞いてみたら、恋人がいたことは人生で一度もなかったそうで、大学生のときに告白してオーケーしてもらった後に振られたと言っていた。だから恋人がずっと欲しかったそうだ。私は重いバッグを持ちながら、そんな話を聞いて、彼とどうやって付き合うのが良いのだろうと考えていた。

週末のデートでは一緒に世界堂に行った。世界堂とは新宿にある画材屋さんで、とても広い。私も短大生の頃、よくここに来ていた。次の合同展のため、画材を買いたいという坂本さんは、すぐにインクがなくなってかすれるペンを買っていた。かすれ具合がいいのだと言う。

私は久しぶりに世界堂に入れたことに感動していた。もう二度と来ないと思っていたからだ。歩いていると、どこに何があるのかを記憶している自分にびっくりする。二メーターの版画を彫りたいと思って版画板を買いに来たこと。巨大なキャンバスを買ったこと。初めて油絵の具を買ったことを思い出していた。

世界堂の存在を知ったのは高校生のときだった。美術の担任が世界堂の話をしていて、一度行ってみたいと思っていた。私が知っている画材屋は、駅ビルの一角にあるとても小さな場所だった。置かれている画材の数も限られていて、この店を訪れる人も少なかった。この街で絵を描こうと思う人は少ないのかもしれない。きっと、絵を描く人は東京に行ってしまうのだ。私が育った茨城の街は、とても小さく文化の質も低い。芸術をやって食べていこうなんて人は周りにいなかった。駅ビルの画材屋の小ささがそれを示していた。私もそれに気がついていたから東京の美大に行きたかった。しかし、叶わなかったものはしょうがない。人は夢を諦めなければならないときもある。自分の思い通りに人生を生きることができる人なんて、この世にいるのだろうか。

もう一度キャンバスに絵を描きたいと思った。画材を買おうかと思ったのだが、実家に大量にあることを思い出して、母に電話をした。数日後、実家から届いたダンボールには、画材がぎっしり詰まっていた。

母は絵のことがわからないので、目に入るものをとりあえず詰め込んだらしく、使い物にならないよれたマスキングテープまで入っていた。それを見ると、母が本当に私を理解していなかったのだと知って悲しくなった。

母は私が使うのをやめた、パステルを伸ばす筆を見て「化粧筆にちょうどいいから、使わないならちょうだい」と言ってきたことがある。私は絵を描くのをやめたので、「いいよ」と言ってあげた。私はなんとも言えない気持ちで、母のドレッサーに並ぶ自分の絵筆を見ていた。千円以上した筆なので、悪い筆ではない。けれど、それを化粧に使われるのはいい気持ちがしなかった。私は母に絵を冒涜(ぼうとく)された気持ちがした。でも、それは仕方がないことだ。他人にとって絵の価値とはそんなものなのだから。

私はキャンバスに向かってふたたび絵筆を動かした。一〇年以上描いていないので、イメージがうまく固まらない。筆先が震える。

久しぶりに描いた絵はうまいとは言えないが、満足できるものだった。自分の指先からふたたび絵が生まれた感動に心が震えていた。私はまだ絵が描けるのかもしれない。

坂本さんとは休みのたびに会っていて、スケッチブックを渡すと、坂本さんは感想を書き添えてくれた。

「素晴らしい作品です！」

坂本さんの自画像と共に書かれた言葉は私の心の傷を癒やした。私のことを好きな人が、私の絵を褒めてくれる。それだけで生きていける気持ちがするくらい心強いことだった。

坂本さんは男性なのに可愛いものが好きだった。特にぬいぐるみが好きで、自宅には初音ミクのぬいぐるみが大事そうに飾ってあった。ほかにも可愛らしいアニメキャラのぬいぐるみもあった。

「ぬいぐるみをくれる人に悪い人はいません！」

思わず「たしかにそうかも」と納得させられてしまった。坂本さんはときどき謎の名言を残す。

坂本さんに会えないときは、坂本さんに搾取される絵を描いていたのだけれど、ぬいぐるみも作ってみることにした。百均でフェルトを買い、針でチクチク縫う。私は手先が不器用なので、あまりうまくできなかったのだが、それを写真に撮って坂本さんに送ったら、「うわあああああ!!!!最高じゃないですか!」と異常なまでに興奮していた。そのぬいぐるみをあげたら、早速自分のバッグにつけて喜んでいた。坂本さんは相当おかしい人だが、私は大好きだった。

それと同時に、私は彼が羨ましかった。銀座で行われる展示に参加したり、出品する作品がよく売れる坂本さんは作家として輝いていた。私は展示をしたこともないし、ギャラリーから呼ばれることもない。そもそも、絵の仲間がいないので、どうやって展示をするのかもわからない。

坂本さんが参加する合同展を観に、都内まで足を伸ばした。路地を曲がったところにある小さなギャラリーには絵がところせましと飾ってある。それらの絵を一つ一つ丁寧に眺めながら、坂本さんの絵を探す。

彼の絵は黒のサインペンだけで描かれていたドローイングで、緻密な線がたくさん描かれていて、中心には女の子がいた。ふと下を見ると、見覚えのある物体がある。それは私が作ったぬいぐるみだった。きっと坂本さんが飾ったのだろう。私は自分の作ったぬいぐるみがギャラリーでデビューしたことが嬉しくてたまらなかった。坂本さんにメールをすると、「可愛いぬいぐるみを見せびらかしたかったので」と返ってきた。なんだか愉快だった。

一人暮らしの私たちは週末をお互いの家で過ごした。「郵便ポストに鍵を入れておきます」という坂本さんの言葉に従って、ポストを開けると可愛いキキララのキーホルダーに鍵がついていた。

坂本さんの家に上がり込み、荷物を置くと、近所のスーパーに買い物に行った。夕ご飯に何が食べたいかという私の問いに、「カレー」と坂本さんは答えた。正直、簡単な料理すぎて張り合いがない。もうちょっと難しい料理が作りたいなあなどと思いながら、鶏肉や玉ねぎをカゴに入れる。レジで会計を済ませてレジ袋に食料品を入れる。知らない街で買い物をして、彼の家に帰るのは新鮮な気分だった。新婚の夫婦みたいな気持ちがして心がこそばゆい。

坂本さんの家について、冷蔵庫に食材を入れる。ブラジャーがきついので、服を脱いで、坂本さんのTシャツを勝手に借りた。ズボンも借りようと思ったが、サイズが合わないので、Tシャツにショーツという姿でカレーを作る。軽快に人参を刻み、玉ねぎを刻む。鶏肉を炒めた後、野菜を入れて、水と一緒に煮込んでいると、坂本さんが帰ってきた。

「おかえりー」

私が台所に立ったままで迎えると、

「なんて姿で料理してんですか！」

と坂本さんに怒られた。私は、あははと笑った。

二人でカレーを食べて、ネットで動画を観たりして時間を過ごした。坂本さんの家にはテレビがなかった。坂本さんは体を使う仕事をしていて、仕事はきつく、そのわりに薄給だった。昔はサラリーマンをしていたのだけれど、一時期頭の中に「殺してやる」という声がこだまするようになり、仕事を辞めたという。無職の期間はフィルムセンターに通って映画を観たり、お絵かきオフ会などに参加して絵を描いていたそうだ。その後、ハローワークで紹介されて今の仕事を始めた。もともと理系の大学に行っていたので、全く違うことを仕事にしている姿を目にすると、学校の勉強ってなんなのだろうと思ってしまう。

「坂本さんは、将来、どんな仕事に就こうと思っていたの？」

二人で寄り添って寝っ転がっているときに聞いてみた。

「学生のとき、ＹＭＯを聴いてすごく衝撃を受けて、自分でも音楽を作り始めたんだ。テクノポップがやりたくて。家の中で音楽を作っていたら、うるさいって姉貴に怒られたなあ。ゲーム音楽を作る人間になりたくて、大学を出た後、何社かに自分が作った音源を送ったんだけど、採用されなかった」

天井を見ながら坂本さんが呟く。

「もう一度、音楽やらないの？」

そう問いかけたけど、坂本さんは答えなかった。もしかしたら、坂本さんも私と同じように、何か心に引っかかっているのかもしれない。坂本さんの手を握り、目を閉じる。二人の心が溶けて混ざったような気持ちがして心地よかった。

朝、目が覚めると、坂本さんは台所に立っていた。かちゃかちゃと卵を混ぜる音が聞こえる。私はその音が心地よくて、もう一度目を閉じた。

「ご飯だよ」

坂本さんは私に告げる。今起きたふりをして布団から出る。顔を洗って歯を磨き、小さなテーブルを前にすると、スクランブルエッグと菓子パンが並んでいた。

「卵料理はこれしか作れないんだ」

坂本さんは料理があまりできないみたいだった。

「すごく美味しいよ」

私はスクランブルエッグを口に放り込みながら言う。二人で肩を並べて朝食を取る。とても穏やかな日曜の朝。私はこんな朝を百万回でも続けたいと願った。

食事を終えて、坂本さんは食器を洗っていた。私が昔付き合っていた男の人は食器なんて洗ってくれなかったから、とてもありがたかった。

「坂本さんが、私を初めて見たのって、正確にはいつなの」

朝日を浴びながら食器を洗う坂本さんの背中に問いかける。

「ずっと、タコシェでエリコのミニコミを買っていて、文学フリマで売るっていうのを知った時。何年前だったか正確には覚えてない」

「ふーん」

私は背中を見つめながら答える。

「初めて見たとき、すごく美人だなと思った」

坂本さんがそう言うのを聞いて、私はギョッとした。私が美人？　卒業アルバムに「ブス」と書かれまくった私が？　私は動揺を隠せなかった。私はもしかして、自分が思うほどブスでないのだろうか。いや、美醜の好みというのは人によって違うので、坂本さんの好みの顔だったというだけではないのか。

私は坂本さんの部屋にあった鏡を覗き込む。私は自分の顔がよくわからない。「ブス」と卒業アルバムに書かれ続けたあの日から、私はずっとブスだと思い込んで生きてきた。ほぼ、すべてのクラスメイトからブスと言われるくらいブスである私は、鏡を見てもこれがなんなのか、自分の顔なのかよくわからない。顔がよくわからないので、化粧もまともにできないし、何が自分に似合うのかもわからない。でも、私が美人だったらもうちょっと幸せになっていてもおかしくないのではないかと思う。美人であれば、人から優しくされたり、男の人にモテたりするだろうが、そんな機会は全くなかった。

私はとりあえず、坂本さんの美醜の基準の中では美人ということにして落ち着いた。でも、私の自信を回復するのにはそれで十分だった。世界中の人に愛されなくても、一人の人に愛されればそれでいい。

今日は吉祥寺に遊びに行こうということになり、二人で着替えてアパートを出た。坂本さんが、デパートで佐々木マキの展示をやっているから覗いていこうと提案してくれた。佐々木マキは大好きな漫画家だ。

坂本さんと絵を眺めながら、語り合う。思えば、絵が好きなのに私はあまり展示に行かない。それは絵に対するコンプレックスが激しいのもあるし、一緒に絵を観るような人がいないせいもある。好きな絵を好きな人と見られるのは幸せだなと思い、坂本さんの姿を眺める。私と同じく猫背の彼はその背中をますます丸めて絵に見入っていた。帰りに佐々木マキの絵本を買って店を出た。

その後、二人で古本屋さんに行った。装丁のおしゃれな本を眺め、パラパラとめくる。

「これ見て」

坂本さんが持っていた本には「みにくいおひめさま」とあった。タイトルからするに、醜いと思っていたお姫様がそうじゃなかったというような話だろうか。

「読んでみたいな、安いから買おうかな」

私が手に取ると、坂本さんも欲しがっているようだった。

「これからは、二人で一つのものを共有しましょう」

そう言って坂本さんは『みにくいおひめさま』をレジに持っていった。私はそんな坂本さんを優しいなと思って眺めていた。


私たちはお互い、誕生日が七月だった。付き合い始めてすぐ、私の誕生日が来た。私は坂本さんのお給料が少ないことを知っていたので、誕生日プレゼントを買ってもらうのが申し訳ないと思って、「坂本さんに私の絵を描いてほしい」とお願いした。

当日、坂本さんは色紙に私の似顔絵を描いてくれた。色紙の中の私は満面の笑みだった。私はそれだけで十分だったのだけれど、坂本さんはTシャツもくれた。自分の知り合いのアーティストが作っているTシャツで、エメラルドグリーンにピンクのインクで派手なイラストが描かれていた。正直、これを着るのは勇気がいるなという代物であったが、坂本さんがよく考えた末にこの服を買ったのだと思って、喜んで着た。私のことを思って選んでくれただけで十分だった。

私はこの日のために、ご馳走を作った。ハンバーグにアボカドとエビのサラダ、ほかにも作れる限り作った。坂本さんは私の料理にいちいち感動していた。ほうれん草の白和えを食べたときは、白和えを食べたのが初めてだったらしく、「何これ！　和のスイーツ？」という謎の発言をしていた。

ご飯を食べた後、近くの河川敷に向かった。

「なんで僕が河川敷を好きなこと、知っているんですか！」

と、坂本さんは大声で言った。私はそんな坂本さんの声をバックに河川敷を全力で走った。私が育った茨城の街にも河川敷があって、私は辛くなるとそこを走っていた。街中にある開けた緑の絨毯はとても気持ちが良い。

私が寝っ転がると坂本さんもそばに寝っ転がった。二人で七月の青空を見上げる。眩しくて目がチカチカする。目を閉じると透明な風が二人の体の上を通り抜ける。自然に二人して手を繋ぐ。無言すら心地よい。しばらくして起き上がると身体中に草がついていて、お互いの体を払い合う。

「あ！　虹！」

私たちの頭上に虹が輝いていた。

「うわー！　エリコが起こしたんだ！　エリコは奇跡の人だ！」

坂本さんははしゃぎながら写真をバシャバシャと撮っている。私は気ままに虹に向かって走り出した。

暑い日々が続いた。私たちは相変わらず、週末にお互いの家を行き来して、いろいろなところを遊び歩いていた。

「夏休みは一緒に旅行に行こう」

坂本さんはそう提案して、私もそれにのった。まともな恋愛をしていない私は、恋人と旅行に行ったことがない。恋人たちが普通は一緒に旅行に行くものだということも、この歳までわからなかった。坂本さんはどうやって探したのか、伊豆のほうにある一泊五千円くらいの宿を探し、予約してくれた。

夏休みの前日、職場の納涼会があるため、坂本さんの帰りが遅かった。私は坂本さんの家で、寝転んで本を読んでいた。九時過ぎ、坂本さんが帰ってきた。

「生まれて初めてビンゴで景品が当たった！　巨峰が当たった！」

坂本さんは玄関に倒れこんだ。私が駆け寄ると、

「エリコはあげまんだ」

と言って抱きついてきた。私はなんだか笑ってしまった。


伊豆旅行当日、東京駅から特急に乗る。二人で肩を並べてシートに座る。初めての旅行で、嬉しくて仕方ない。

坂本さんとは会話が途切れることがなかった。いつまでも話を続けられた。坂本さんは本をたくさん読んでいたし、映画もたくさん観ていた。同じ時間を生きてこなかったけ

ど、違う場所で同じ作品を観ていた私たちはとても気が合った。生まれる前からずっと一緒にいたみたいな気持ちがする。

数時間揺られて、伊豆に着く。私はなんの計画も立てていなかったのだけれど、坂本さんは行くところを調べていてくれた。

眺めのいい、海のほうへ向かい、二人で道をゆっくり歩く。「二人で一つのものを共有しましょう」と言った坂本さんは、私が持っているジャニス・ジョプリンのTシャツをいつの間にか着ていた。私はそんな彼の姿を眺めながら潮風を浴びる。海に着くと、波打ち際で二人してはしゃいだ。

「波、ちょーすごい！」

私たちの足元に波が来て、その周りの砂をさらっていく。絶え間なく続く波たちは海の果てからやってきて、また海の果てへ戻っていく。ザンザンとやってくる波たちのしぶきを浴びて、私たちは腹の底から笑った。お互いの写真を撮ってキャッキャとはしゃぐ。この時間が永遠になればいいのにと願った。

二人で今日の宿に向かう。バスに乗って地図のとおりに歩くのだが、なかなか着かない。

「あれかな？」

坂本さんが指差した先には恐ろしくオンボロな宿があった。壁にはヒビが入っている。

「世界の終わりみたいなところだね」

思わずそう漏らしてしまう。

二人でカウンターに行き、チェックインする。宿の中は古いけれどよく手入れがされていた。

「家族風呂お願いします」

坂本さんはカウンターでそう告げる。ここには男女別でなくて家族一緒に入れる風呂があるらしい。

荷物を置くと、一緒にお風呂に向かった。私は服を脱いで早速湯船に浸かろうとしたのだが、あまりの熱さに入ることができない。

「アチ〜〜〜〜！」

その横で、坂本さんは無言でシャワーから水を出してお湯を薄めていた。

「もうそろそろ入れるよ！」

湯船に手を入れて私がそう言うと、坂本さんもやってきた。一緒に二人で湯船に浸かる。

「家族風呂〜〜〜〜！」

笑いながら二人で合唱する。

「家族じゃないけど、家族風呂〜〜〜〜！」

そう言ってまた笑う。

二人で温まった後、お互いの背中を流し合う。浴衣を着て、肩を並べて旅館を歩く私たちは、他の人から見たら夫婦のように見えたかもしれない。

旅館の部屋で私は坂本さんに抱かれながら、肩越しに天井を眺めていた。私は長い間、セックスが嫌いだった。良い思い出などないし、気持ちが良いものでもなかった。私はずっと女の体が苦痛だった。勝手に男の人に性の対象とされて、無断で触られたり、ジャッジをされる体。こんなものはいらないし、縛られたくないと思った。坂本さんは私の体に対して何もジャッジしなかった。太っているとか、胸が小さいとか、そういうことは何も言わなかった。ことが終わると、坂本さんは「ちょっと、シャワー浴びてくる」と言って部屋を出て行った。彼はアトピー性皮膚炎で、汗をかくと、すぐに痒くなってしまうらしいのだ。ほかにもストレスがかかると全身が痒くなるらしい。

「いってらっしゃい」

私は気だるい体で横になったまま呟く。

坂本さんに好かれることは嬉しかった。安心できる恋愛というものを私は初めて体験していた。それは私にとってのパラダイムシフトだった。心安らぐ関係が人と築けると私は思っていなかったのだ。私はなんだか泣きそうになって目を伏せた。人生はもしかしたら、悪いものではないのかもしれない。たった一人の人によって価値観がこんなにも変わるものだろうか。私は胸の中に幸福が満ち足りて溢れるのを感じた。キラキラと輝くそれはそこいらじゅうに散らばり、甘い香りを漂わせた。

次の日は、二人でバスに乗り、山奥のほうへ行った。コンビニで買ったパンをかじりながら、麦茶を飲む。山道は道が悪くて、ひどくバスが揺れるのだが、それすらアトラクションのようで面白い。山頂に着くと、伊豆の街が一望できる。

「気持ちいいねえ」

風を浴びながら、坂本さんに話しかける。坂本さんは無言で私の写真を撮っている。もともと盗撮をしていたくらいなので、公に撮れることになってからも、坂本さんは私の写真をたくさん撮っていた。

近くを観光した後、一緒にレストランに入る。二人で笑い合いながら海の幸を楽しむ。一点の曇りもない幸せというのを初めて目にした。私はなんの不安もなかった。まだ出会って一ヶ月と半月しか経っていないのに、こんなに気が合うなんて信じられなかった。

山を降りた後、お土産屋さんで職場へのお土産を買う。帰りの電車でビールを飲みながら窓に映る自分の姿を見た。とても幸せそうに見えた。

夏休みが終わると、お互い仕事の日々が始まった。それでも週末のデートは続けていた。坂本さんもカルトな映画を観ているとわかったので、映画は遠慮なく誘うことができた。

「ロメロの『ゾンビ』が渋谷でやるんだって。観に行かない？」

ジョージ・A・ロメロは知る人ぞ知るカルト映画の監督だ。坂本さんは私の誘いを断ったことがない。二人で渋谷のミニシアターに向かう。実は、ロメロの『ゾンビ』を私は観たことがなかった。それは一人で観るのが怖いからという理由もあった。

映画館は満席だった。照明が落ちると当たり前のように坂本さんは私の手を握ったので、私も手を握り返した。目の前ではショッピングモールでゾンビとの死闘が繰り広げられている。名作と言われるゾンビ映画は実にくだらなくて面白かった。客席ではときどき笑いが漏れていた。映画が終わって、笑いをこらえながら駅に向かって歩く。最高の映画すぎて二人とも感情が高ぶっていた。

「ロメロのゾンビには意味がない！」

私が言うと、坂本さんも、

「意味なんてない！」

と唱和した。あははと笑い合って歩く夜の渋谷はいつもより楽しげだった。映画の余韻と好きな人がそばにいるという心の高まりで、足元はふらついていた。お酒を飲んでいないのに酔っ払っているみたいだった。

坂本さんの家に泊まっているときには、私は坂本さんの隣で絵を描いた。坂本さんは依頼された絵を描くために机に向かっていた。私は仕事として絵を描ける坂本さんが羨ましかった。

坂本さんは手を止めて、私が描いた絵をひょいと取って「素晴らしい作品ができましたね」と言った。そして、その絵をそっとしまった。「僕はエリコ展をやることしか考えていません」と坂本さんは言った。私のことを絵でデビューさせるつもりなのだろうか。

いつものように映画を観て、その後一緒にご飯を食べた。今日は牛タンが食べたいという坂本さんのために「ねぎし」にした。運ばれてくる牛タンを頬張りながら白米を口に運ぶ。私は坂本さんとご飯を食べられることが嬉しかった。穏やかな食事をずっとこのまま続けたい。そう思っていると、ふと、坂本さんが口を開いた。

「エリコと一緒に暮らしたい」

私はびっくりして坂本さんの顔を見た。

「一緒に暮らしたらいいいんじゃないかと思う」

坂本さんはもう一度言った。

私は返事をする代わりに泣いた。ポロポロと涙が目からこぼれ落ちる。好きな人から一緒に暮らしたいと言われるのがこんなに心を揺るがすことだなんて知らなかった。

「私もそうしたい」

ハンカチで涙を拭きながら答えた。私は泣きながら牛タンを食べた。人間は嬉しいときに泣くのだと初めて知った。

坂本さんは私の家に泊まった後、私の職場のある駅まで来た。これから、二人の職場の中間地点になる駅を探すのだという。平日に休みのある坂本さんは地下鉄に消えていった。私はその姿を見送って仕事に向かった。人生が動き始めているのを感じた。

週末、坂本さんの家に泊まって、お互いの家の中間地点を探す。坂本さんは朝が早いので、坂本さんの職場に近いほうがいいだろうということになった。私はパートタイムなので、時間を融通してもらうことにした。二人でボロボロの坂本さんの布団に横になる。坂本さんに抱かれるのは気持ちが良かった。私は好きな人と一生一緒に居られるという事実に酔っていた。

朝、目を開けると坂本さんが私の顔を眺めていた。私も見つめ返す。

「エリコの子供が欲しい」

坂本さんはそう言った。私はびっくりして坂本さんの顔を見返した。坂本さんの目は澄んでいて、自分の言葉に一点の迷いもないことを伝えていた。

「いや！　子供は嫌！」

私は坂本さんに背中を向けて泣き出した。おいおいと泣き始める私を見て、坂本さんはびっくりしている。後ろから私を抱きしめてくれるが、私は泣き止むことができない。私は、昔から子供を欲しいと思ったことがない。それどころか、結婚したいと思ったことがなかったのだ。それはすべて、私の育った家庭に起因しているのだと思う。私の家庭はめちゃくちゃで、緩やかな時間も、穏やかな生活もなかった。緊張と束縛と暴力が続き、心が休まるときがなかった。私にとって家族は諸悪の根源であり、憎むべきものだった。子供を産んだら、またあの地獄が目を覚ますのだと思った。それだけは避けたい。

その日は家に帰って、しばらくしてから、坂本さんに長いメールを送った。自分が育った家庭でどんなことがあったのか、どうして子供が欲しくないのかを伝えた。坂本さんはきちんと読んで真摯な返事をくれた。子供のことは一旦、保留にすることにした。

物件を探し始めて一ヶ月が経った。広さや間取りなど、ようやく納得できる物件が見つかった。二人で部屋のどこに何を置くのか、家具の配置も考えた。不動産屋に行って物件の仮契約をした。

「今住んでるアパート、契約更新しないって伝えないと。あと、引っ越したら通勤時間が倍になるから、始業の時間を遅らせてもらえるように交渉するね」

坂本さんにそう告げた。

「僕も職場のほうに、引っ越すこと言っておいたよ。上司に『いよいよお前も所帯持ちか』って言われたよ」

少し照れて坂本さんは言った。

「物件の保証人は僕の母親になってもらうから。来週、僕の母親に会ってもらいたいんだ。

一応、エリコの病気のことは言っておいたから。軽いうつ病ってことにしておいた」

病気のことを坂本さんが母親に伝えたということに私は背中がヒヤッとした。うつ病は、今は現代病と呼ばれていて、そんなに珍しくないかもしれない。けれど、差別感情というのは意外と根強いものだ。私が精神障害者だからという理由で、兄の結婚が反故になりかけたこともあった。私は悪い予感がした。坂本さんの母親に気に入られる自信がなかった。

週末、吉祥寺の喫茶店で坂本さんのお母さんと会った。お父さんはすでに亡くなっている。坂本さんのお母さんは教師というだけにシャンとしていて、綺麗だった。

事前に坂本さんと一緒に買った資生堂パーラーのお菓子を手渡すと、軽く会釈をして受け取ってくれた。フレンチトーストを食べながら、坂本さんのお母さんと、坂本さんと私とで、世間話をする。しかし、この間に私のすべてがジャッジされているのだと思うと緊張した。

私は背筋を伸ばして、淀みなく話すように心がけた。坂本さんはぼーっとして紅茶をすすっていた。小一時間ほど経って、坂本さんのお母さんとお別れをした。その後、私と坂本さんも少ししてから帰った。坂本さんと別れて自分のアパートに帰ってしばらくしたら、坂本さんから電話がかかってきた。

「お母さんが、同棲するには早すぎるからやめなさいって言ってるんだ」

私はびっくりした。自分の病気のことがあるからかもしれないと考えた。

「不動産屋のほうには契約を白紙に戻してもらうように言っておいた」

私は、こんなにもあっさりと同棲をなかったことにする坂本さんが信じられなかった。私はもう、自分のアパートの不動産屋には更新をしないと伝えたし、職場のほうにも始業の時間を遅らせてもらう交渉をしてオーケーをもらっていた。いまさらすべてをなかったことにするの？　信じられない。まだ十代の子供ならともかく、三十代も中頃なのに、親の言うことを聞くなんて。私は自分の中で「怒り」という化け物が誕生するのを感じた。しかし、その化け物を必死に抑え込む。

「わかった。お母さんが言うなら仕方ないよね。うん」

私は努めて普通に、坂本さんにそう告げた。しかしその後、一人で号泣した。泣いて、泣きすぎて、疲れて少し眠った。ときどき、夜中に目が覚めた。もう一度寝ようとしても眠れない。仕方がないので、冷蔵庫から缶チューハイを出して飲んだ。一本だけでは眠ることができず、三本ほど飲んだ。ついでに余っている睡眠薬を酒で飲んだ。ここから私の精神の崩壊が始まった。


仕事に向かう足が重い。職場の人に引っ越しをするから始業を遅らせてくれとお願いをしたのに、それがなくなったのを告げるのが恥ずかしい。遠いところに引っ越すのは男の人と暮らすためだと伝えてあったのだ。机に向かうが、気持ちがどこかに行ってしまって集中できない。昨日の酒と睡眠薬のせいか体が重い。息が苦しくなり、体の節々が痛い。なんとか、仕事を終えて、帰宅するが、何もする気がしないので、酒を飲んだ。頭がぼんやりする。

夜になって、坂本さんとスカイプで話した。坂本さんも落ち込んでいて、なぜかブラウザのつまらないゲームをずっとやっていると教えてくれた。坂本さんも自分の行動、母親の言葉に傷ついていたのかもしれない。押し黙ったままのスカイプがそれを物語っていた。母親の反対は一理あるかもしれないが、大人なら、親に反抗してでも手に入れなければならないものがあると思う。坂本さんは私よりも母親を選んだ。その日はほとんど無言のままスカイプを閉じた。

翌日、仕事が終わってから坂本さんと秋葉原で会った。私たちはいつも割り勘だけど、この日は坂本さんが全部おごってくれた。そして、私が欲しいと言うゲームソフトも買ってくれた。私は坂本さんの頬にキスをしたが、心は晴れなかった。

こんなに好きなのに、一緒に暮らすために準備をしたのに、全部ダメになった。自分の心がバラバラになっていくのを感じる。心の痛みは、ストレスとなって体の痛みに変化していった。私は毎日、全身がピリピリと痛み出し、落ち着いて座っていることすらできなくなった。夜も眠れなくなり、食べることも徐々にできなくなっていった。

土曜日は坂本さんが仕事なので、会うことができない。私は何もする気力がなくて、ずっと布団に横になっていた。何か食べなければと思うが、固形物を食べる気持ちになれず、ヨーグルトをすする。そしてときどき、思い出したように泣いた。

家に一人でいるのが辛くて、部屋着のまま河川敷に向かう。コンビニで缶チューハイを買って、広がる緑と青い空を眺めながら酒を飲む。悲しいくらいお天気だった。私は緑の芝生に寝っ転がって、目を瞑る。涙が頰を伝う。

「死にたい」

そんな言葉が口をついた。

「死にたい、死にたい、死にたい、死にたい」

ううう、と喉の奥で嗚咽する。坂本のバカ、お母さんに私が病気だってことをなんで言ったんだ。反対するに決まっているじゃないか。それに、いい年をして、母親が反対しているからって従うことないじゃないか。結局、坂本さんは私よりお母さんをとったんだ。みんな死んじまえ、坂本も、坂本のお母さんも、みんな、みんな死んじまえ。

子供のようなひどい愚痴を頭の中でこだまさせながら、のろのろとアパートに戻った。アパートは引っ越しの準備をしていたので、ずいぶんものが減ってガランとしていた。

私はどうしようもなくなって、坂本さんにメールを送った。「あなたはひどい」ということを長々と送った。めちゃくちゃに悪口を書いた。私は坂本さんを嫌いにならないと幸せになれない。でも、どうしても嫌いになれない。だったら、坂本さんに嫌われなきゃダメだ。できる限りの暴言を書き連ねた。私はもうダメだ。

それでも坂本さんは心配して私の家に来てくれた。タルトタタンを買ってきてくれたので、私はそれを食べた。そして、坂本さんは私のメールを読んで「僕のことが嫌いになれないから、嫌われるために暴言を吐いたなんて、なんてあなたはめちゃくちゃなんだ」と言った。

それからしばらく、全身が痛み、食事もまともに取れず、仕事中にめまいを起こして倒れそうになりながらも、仕事は続けていた。坂本さんとのデートもやめなかった。

前から約束していた藤子不二雄展に一緒に行った。藤子不二雄は大好きだし、坂本さんのことも大好きなのに、ちっとも楽しくない。身体中が痛いし、頭もガンガンする。夕ご飯をファミレスで食べるため並んでいる間も体が痛くてたまらない。痛い、痛いと唸る私の体を坂本さんはさすってくれた。

私はいつまで、この全身の痛みに耐えなければならないのだろう。そもそも、この不調の原因は坂本さんなのだ。坂本さんが同棲したいと言いださなければ、もうちょっと長く付き合っていただろうし、付き合いが長くなれば、坂本さんのお母さんも許してくれたかもしれない。

「坂本さんは、なんで、付き合ってすぐに同棲したいと思ったの？」

私は率直に尋ねた。

「エリコの年齢を考えると、子供は早くしないといけないと思って。でも、子供が無理ならゆっくり付き合っていけばいいいんじゃないかと思う」

私は坂本さんの言葉に納得しながら、頭の中では「でも、もう全部遅いんだ」ともう一人の自分が叫んでいた。ストレスによる全身の痛みはずっと続いていて、食事もうまく取れていない。このままでは私は死んでしまうかもしれない。でも、目の前のこの人は私よりも傷ついていない。

「キスがしたい」

唐突に坂本さんはそう言った。たしかに私たちはここ最近、キスもまともにしていない。しかし、キスをするような気持ちになれないのは坂本さんの行動が原因なのだ。私はその言葉を聞いて、自分の中の何かがぷっつりと音を立てて切れるのを感じた。

「もう、別れたほうがいいのかも」

坂本さんは、びっくりして、手にしていたフォークを落とした。カチャリと乾いた音がした。

「もう、別れたほうがいいよ」

私はもう一度言った。坂本さんは何も言わなかった。私は別れを切り出したのに、全身の痛みが消えなくて、どうしたらいいのかわからなかった。

別れを切り出してから、一週間後、お互いの家にある荷物を渡すために秋葉原で会った。レコードプレイヤーや下着やTシャツ。紙袋に入れたそれをお互い引き渡す。

坂本さんは泣きそうな顔をして最後に握手を求めてきた。私はそれに応じて手を握った。悲しくて死んでしまいたかった。なんでこんなことになってしまったのかわからない。

荷物を引き取り、家に帰ったけれど、私は本当にダメになった。私は坂本さんにメールをバンバン送りつけた。ひたすらに怒りの感情をぶつけた。それは、坂本さんから「お母さんが同棲を反対している」と伝えられたときに顔をのぞかせた怒りの化け物の咆哮(ほうこう)だった。あのとき、少しでも怒りを坂本さんにきちんと伝えることができたならこんなことにはなってなかったかもしれない。暴れるのを我慢していた怒りの化け物は腐臭を撒き散らし、坂本さんへの攻撃を延々と続けた。

そして、怒りが一旦やんだ後、少しやりとりをして、もう一度、会おうということになった。

久しぶりに会った坂本さんは怒っていた。私に対して暴言を吐き、「今回別れたことは取り消さない」と言った。私の怒りの化け物は坂本さんの怒りを誘発することに成功し、本当の別れを連れてきた。付き合っている間、一度も怒らず、あんなに温厚だった坂本さんは、私を罵った。私は泣きながら坂本さんの腕に掴まって、ひたすら詫びた。そして、泣きながら家に帰った。

それでも、坂本さんから次の日に、メールが届いた。「スヌーピー展に行きませんか」という内容だった。あんなに昨日、罵詈雑言を浴びせたのに、わけがわからない。

「今回別れたことは取り消さないのではないですか?」と送ったら「会ったら好きになってしまって」と返ってきた。私たちはお互いに疲れていた。お互いに大好きなのに、うまくいかず、めちゃくちゃだった。

スピード婚というのは、お互いの齟齬がなく、調子よくトントンとことが進むのだろうけれど、私たちは一度、調子が崩れたら、もう同じ場所にたどり着けなくなってしまった。壊れた積み木を元どおりにするのは、難しい。また一から手順を踏まなければならない。いや、間違えて、大事な積み木をどこかに蹴っ飛ばしてしまって、もう手元にないかもしれない。私たちはもう二度と元に戻れなかった。

二人を再建するのに必要なものはどこかに消え失せていた。私はその後、一人で引っ越しをした。もともと、引っ越しはしなければいけないとずっと考えていたのだ。なぜなら、今住んでいるアパートは束縛が強い前の彼氏に場所がバレていて、何度か玄関先まで来られたりして身の危険をずっと感じていたのだ。

私は一人で引っ越しをした後も、坂本さんが許せなくて何回か手紙やメールを送った。

眠ることができず、食べるものもろくに食べられなくなった私はしばらくして入院した。

十代の私に百合の花を

それから数年が経った。時間が私を癒やし、なんとか普通の日常を送ることができるようになっていたが、心の中はガラガラで、風がびゅうびゅう吹きすさんでいた。

週末は家に一人でいたくなくて、高円寺にあるみじんこ洞という、友達がやっている飲食店に行った。『精神病新聞』を書いているときに知り合った友人で、お店にはミニコミがたくさん置いてあるのだ。

「エリコさん、二階をギャラリーにしたの。覗いていかない？」

友達に話しかけられて、私は席を立つ。急勾配の階段を上ると、屋根裏部屋がギャラリーになっていた。広くはないが、綺麗な白い壁は塗りたてで美しかった。

「へえ、いいね。ギャラリー目当てにお客さんもたくさん来そう」

私はぐるりと見まわしながら話す。そして、自分はこういうところで展示ができない人間だということを悲しく思った。美大を出ておらず、私はきちんと絵を学んでもいない。絵に関しての後ろ盾もない。ただの素人では展示はできないのだろう。坂本さんも美大は出ていないけど、有名な画家に後押しをされていたから絵の展示ができるのだと勝手に考えていた。

「こういう展示ってやっぱり美大とか出ていないとできないんでしょ」

「そんなことないよ。お金を払ってもらえれば誰でもできるよ」

と友達が答えた。

「え！　そうなの!?」

私はびっくりして声が裏返る。

「展示って美大を出ているような、ちゃんとした人でないとできないと思ってた……」

私は絵の世界に関して、無知だった。お金を払えば誰でもギャラリーで展示ができるということすら知らなかったのだ。コンペで賞を取ったとか、誰かの後押しがあるとか、そういったことは何にも必要ないのだ。

私は自分がここで展示をできないか考え始めた。実は、私は過去に描いた絵を捨てずにずっと取っていたのだ。高校や短大時代に描いた作品はかなりの数になる。ギャラリーを埋めるには十分すぎる数だった。そして最後に、坂本さんが呟いていた言葉を思い出した。

「僕はエリコ展をやることしか考えていません」

「ねえ、ギャラリーっていくらぐらいで借りれるの？」

「うちは土日で二万円だよ」

と、笑顔で友達が答える。二万円なら出せない金額じゃない。私は真剣に展示を考え始めた。

展示をやれば、今までのことが清算できるかもしれない。私は美大に行きたくて仕方なかった自分の過去を思い出していた。そして、展示をやることで、坂本さんのことを乗り越えられる気がした。

私は絵に心を奪われた自分の人生を後悔していた。精神病院を退院してからは、私の人生は絵でダメになったと考えた。だから、私はすべての絵の道具を押し入れにしまった。

一度諦めた絵をもう一度描かせてくれたのは坂本さんだった。坂本さんは私の人生にとって必要な人だったのだろう。一緒に暮らすこともなかったし、この先会うことはもうないだろうけれど、私の中にある絵の情熱を見つけてくれて、ふたたび絵を描けるようにしてくれたのは、坂本さんだった。

私は坂本さんに感謝の意を表すために展示の名前を「エリコ展」とした。個展のフライヤーをデザインして、印刷所に出した。

そして新作の絵を描き始めた。私の指先から新しく線が生まれ、色が生まれる。ずっと押し殺していた感情や記憶が呼び覚まされる。私にとって絵とはなんだったのだろうか。

最初は褒められたのが嬉しくて描き始めた。しかし、次第に新しい表現を求めるようになり、自分にしか描けないものを追いかけ始めた。美術サークルで二メーターの版画を彫っているとき、私は幸せだった。自分が何かを作り出しているということに喜びを感じていた。そして、その作品が人の目に触れることで、作品に魂がこもるのが嬉しかった。絵は観てもらわないと存在していないのと同じだ。私は自分の絵をこの世に存在させるために展示をするのだ。

個展当日、私は高円寺にいた。重いキャンバスを運び、二階のギャラリーに搬入する。お店をやっている友達に絵を飾るのを手伝ってもらう。高校生の頃に描いたデッサンや模写、ちょっとした紙に描いた落書きまで持ってきた。自分が作っていたミニコミのファンにも来てもらいたくて、ミニコミも展示した。

私が過去の絵を捨てずにずっと取っておいたのは、いつか作品を見てもらう機会があると心のどこかで信じていたからかもしれない。そして、子供の頃から描き続けた作品たちがようやく日の目を見ることに感動していた。幸せじゃなかった十代が今まさに清算されようとしている。

告知は都内のお店に配布したフライヤーと、ツイッターとブログだけ。そんなに有名じゃない私の絵の展示にどれだけの人が来てくれるのだろうか。

すべての絵を飾ると結構な時間がかかってしまい、フラフラしながら一階に下りると、たくさんの友達が私を待っていた。

「エリコさん、個展おめでとう！」

私は目を丸くした。私は個展に友達が来てくれると思っていなかったのだ。誰からも「行くからね」というメールは届いてなかった。みんな笑顔でお酒の入ったグラスを傾けていて、私は泣きそうになってしまった。

「みんな、ありがとう。こんなに嬉しい日は人生で初めて」

私の手元にもビールが注がれる。

「個展開催のお祝いだよ」

そう言って、アクセサリーや花束やらをみんなが渡してくれる。

「ありがとう、ありがとう」

私はこの状態が現実だと思えなかった。私みたいな人間の個展を祝うために、こんなにたくさんの人が来てくれるなんて、夢じゃないだろうか。

「もう、このまま死んでもいいや」

そう言って笑ったら、

「死んだらダメだよ」

とみんな笑った。

来てくれた友人はミニコミを作って知り合った人や、ネットを通じて知り合った人たちだった。久しぶりに会う人も多かった。私は学生時代に友人がほとんどできなかったけれど、学校を卒業した後にたくさんの友達ができた。みんなが私の個展を祝ってくれているということが信じられないくらい嬉しかった。

私はずっと長い間、自分を受け入れてくれない世界で生きていた。中学時代、私をいじめた子たちのことを思うと、今でも心が苦しい。なぜ、私は彼女たちにいじめられなければならなかったのかと悔やむことが多い。

しかし、あれだけの熾烈ないじめを受けながら、私はここまで生きてきた。そして今、私を友人として受け入れてくれる友達がいる。学生の頃、友人がおらず、いじめを受けていたのは、私のせいではない。もし、私がとてもひどい人間だったら、大人になった今でも友達なんかできなかっただろう。

十代の頃は気がつかなかったけれど、世界というのは広い。そして、未来というのは誰にも想像がつかない。当時の私には、こんな未来がやってくるなどという想像はできなかった。私はいつも死にたくて仕方なかったけれど、今は死ななくて良かったと思う。

人は絶望したときにこそ、未来の力を信じるべきなのだ。自分が知ることがない、燦然と輝く何か。それは訪れたときにしかわからない。少なくとも、私には喜ぶべき未来が訪れたのだ。

時間が経つと、徐々に展示を見に来るお客さんが増えてきた。二階のギャラリーには人が絶えずいる状態になった。私の友達から聞いてやってきたという人や、ネットで画像を見てやってきたという人がほとんどだった。

そして、絵が売れた。知り合いのギャラリーの人や、ミニコミを作っている友人が、絵を買っていく。ツイッターでやりとりをしたことがある人がやってきて、キャンバスの絵を買っていった。どんどん絵が売れていく現実に気持ちが追いつかない。「絵にサインをしてください」と言われてサインをしながら、心の中には弾けるような喜びが溢れていた。私は自分の絵なんてなんの価値もないと思っていたのに、そうじゃなかった。私の絵にお金を出したい人もいるのだ。

しばらくしたら、実家から母もやってきた。母は一万円を出して、私の絵を買った。フライヤーに使った絵も売れた。私は夢を見ているような気持ちで過ごした。この幸せな夢が覚めないでほしいと願った。

夕方になると、懐かしい顔がやってきた。私が高校時代に仲良くしていた末広さんだった。私が病気になって具合が悪いときに、末広さんと喧嘩をしてしまって以来、一〇年くらい末広さんとは会っていなかったので、驚きだった。

「末広さん!」

私は彼女に走り寄った。久しぶりに会った末広さんは昔と変わっていなかった。二人で話していると、すぐに高校生の頃のようになって、カラカラと笑い合った。

末広さんは私のブログを読んでいると教えてくれた。私は、自分の友達はなんて優しいのだろうと感激した。

エリコ展は大盛況で、急遽、次の週も開催することになった。次の週もたくさんの人が押しかけてきた。八丈島に引っ越した友人が、個展の延期を知って駆けつけてきた。

私が寄稿していたミニコミの読者もやってきたりして、まるで生前葬のような賑わいだった。私はずっと生きていることが苦痛だと思っていたし、誰にも愛されていないと信じていたけれど、その信念が間違っているとやっと気づくことができた。私は学校では誰からも認められなかったけれど、今は、違う価値観を持った仲間たちの中で生きている。そして、ここで愛されている。これから先、死にたいほど辛いことが起こるかもしれない。けれど、そのときは今日のことを思い出そう。

私はずっと、自分の十代に足を取られていた。人から蹴られ、机を蹴り飛ばされ、水をかけられていたあの時代。私は生きながら十代に葬られていた。十代の私はゾンビのように現在の私に襲いかかり、あの時代に引きずり込んでくる。「私のことを忘れるんじゃない」と泣きながら大人の私にしがみついてくるのだ。それは十代の私がとても悲しい存在であり、本当に理解者がいなかった証なのだと思う。

私は十代の私を眠りにつかせてあげたい。過去は不幸だったけれど、今が幸せなのだから良いのだと安心させてあげたい。あの頃の私は孤立無援だったけれど、今はたくさんの友達に囲まれている。

写真に写った十代の私はとても不安そうな顔をしている。笑顔を作っているけれど、顔が引きつっているのだ。

私は引きつった笑顔の自分の目を閉じてやり、そっと土をかける。埋葬した自分の体の上に百合の花を手向ける。さようなら、十代の私。辛く、痛みが多かった時代はもう終わったのだ。もう、私は二度と、十代の私を掘り起こすことはしない。眠っている十代の私は頬に涙の跡がある。私はそれをそっと拭いてやる。私は十代の私に声をかける。

「大丈夫だよ。大人になったら、素敵な時代がやってくるよ。嫌われたけど、ブスだと言われたけど、そんな私のことを大好きだと言ってくれる人がたくさん現れるよ」

そして、私がずっと描いてきた、たくさんの絵も一緒に埋葬する。古い絵は捨ててしまっていい。これから新しい絵を何枚でも描こう。私の両腕はきちんと動くのだから。たくさんの絵と、美しい百合の花に埋もれる十代の私に向かって、手を合わせると雲の隙間から光が差し、私の墓標を輝かせる。不幸な時はもう終わったのだ。私は恐れずに幸せになろう。

私は古い制服を脱ぎ捨てて、裸足のまま、走り出す。もう過去は振り返らない。軽やかに野を駆ける。息は不思議と上がらなくてどこまでも走っていける。まるで足に翼がついているみたいだ。私の目の前には未来という輝かしい草原が待っている。

おわりに

処女作『この地獄を生きるのだ』を出してから二年経った。いくばくかのお金が入り、まずしたことは、生活保護を受給していたときから使っている自転車を買い替えることだった。五年以上使用している自転車は反射板が取れ、ベルが壊れ、微妙にパンクしており、乗っているうちにタイヤが凹んでくるのだが、修理に出すのがもったいないので、こまめに空気を入れてごまかしていたという有様だった。新しい自転車を買い直す際、散々悩んで、自動的にライトがつく少し良いものを買った。作家になってお金が入ったことで少し良い生活ができるようになった。

とはいえ、現在は日中に事務の仕事をしながら文章を書いているが、生活は厳しい。最低賃金に近い時給で働いているため、大型連休を挟むと月給が十万に届かない。障害年金を受給しているので、生活はなんとかできているが、今の生活は「生活保護より少し良い生活」というだけである。

友達は「作家になって本が出せるなんて羨ましい」と言ってくれるが、私は友達がたくさんいる十代を過ごしたかったし、生活保護を受けない人生を生きたかった。

自分の人生を振り返ると、苦しいことや悲しいことばかりが多くてうんざりする。そして、この先にも大して良い未来が待っていないのがうっすら見える。もちろん、未来は誰にも分からない。そういう気持ちでこの本のエンディングを書いた。けれど、他者から貶められ、暴力を振るわれた私の心の傷は完全に癒えてはおらず、ろくな学歴も職歴もない私がまともな職につけることは不可能に近い。

それでも昔より良くなったことは、十代の頃、二四時間死にたくてたまらなかったが、最近は死にたいと思うのが一日か二日に一回くらいになったことだ。

「普通の人は『死にたい』とあまり思わない」

と友人に言われた。かなりビックリする指摘であったが、死にたい回数が減った今、生きるのってこんなに楽なんだとしみじみ思う。一日か二日に一度死にたいと思う今でも楽なのだから、十年に一度くらいしか「死にたい」と思わない人の人生はとても楽だろう。

この本を書いている間、私はほとんど泣いていた。過去の暗い思い出にはそれなりの迫力とボリュームがあり、クラスメイトに蹴られたことや、卒業アルバムに「ブス」と書かれまくったことが今現実に起きていることのように蘇った。

そして、そんなひどい目に合わせたクラスメイトが今は結婚をして子供を育てていると思うと、世の中は非情だと感じる。私が好きなジブリのアニメを散々バカにしたクラスメイトたちはきっと自分の子供に『となりのトトロ』を死ぬほど見せているのだ。

『この地獄を生きるのだ』を編集担当してくれた方便凌さんに「十代の頃のことを書いてくれませんか」と言われたのは、昨年の初夏だった。神保町のサイゼリヤでワインを飲みながらタイトルについて話し合った。私は自分がいかにジャニス・ジョプリンが好きだったかを酩酊（めいてい）しながら語り、ノートに「生きながら十代に葬られ」と走り書きした。それが今回の本のタイトルとなった。

私の人生は恥の多いものであり、暗闇に葬っておきたいものでした。けれど、人生というものは美しさや喜びだけで構成されてはいません。人生の闇が深ければ深いほど、現在の幸せが明るく見え、豊かなものに感じます。少しのお金と仲の良い幾人かの友達と一緒に、この先の人生を歩んでいけたらと願います。

暗い青春に光を与える機会をくださった方便さん、ひとりぼっちの時間を過ごした懐かしい河川敷を描いてくださった奥田亜紀子さん、素晴らしい装丁を手掛けてくださった川名潤さんに感謝の意を捧げます。

そして、精神を病み、周囲に迷惑ばかりかけている私を気遣い、決して見捨てないでいてくれる友人と家族、そして読者の方々に光り輝く未来が降り注ぐように祈るばかりです。

小林エリコ

二〇一九年九月

小林エリコ

1977年生まれ。短大卒業後、エロ漫画雑誌の編集に携わるも自殺を図り退職、のちに精神障害者手帳を取得。現在は通院を続けながら、NPO法人で事務員として働く。ミニコミ「精神病新聞」を発行するほか、漫画家としても活動。著書に『この地獄を生きるのだ』(イースト・プレス)、『わたしはなにも悪くない』(晶文社)がある。

生きながら十代に葬られ

2019年11月20日　第1刷発行

著者——小林エリコ
装丁——川名潤
装画——奥田亜紀子
DTP——臼田彩穂
編集——方便凌
発行人——北畠夏影
発行所——株式会社イースト・プレス
〒101-0051
東京都千代田区神田神保町2-4-7 久月神田ビル
TEL 03-5213-4700
FAX 03-5213-4701
https://www.eastpress.co.jp
印刷所——中央精版印刷株式会社
ISBN 978-4-7816-1833-3　C0095